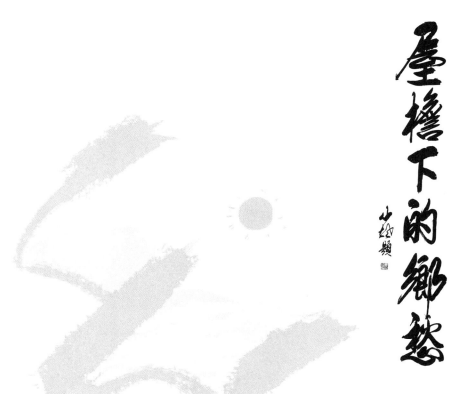

星檐下的乡愁

党鹏　著

成都时代出版社
CHENGDU TIMES PRESS

谨 以 此 书 献 给 我 的 父 亲 母 亲

父亲的序

文／党水潮

1

月是故乡明，土是故乡亲。为儿子党鹏的散文集《屋檐下的乡愁》作序，我倍感荣幸。

我已七十有余，思维迟钝，文思浅薄。唯余儿孙孝顺，家庭幸福。回首往事，操劳一生，尽职尽责，只是对儿有愧。不过，总的来说，我内心坦然、欣慰，期望晚年健康，度完余生。

2

如今，我的家庭已是四世同堂，有十人以上，我们在不同的年代与环境里成长。

二十世纪七八十年代，人穷家寒，辛勤劳作，艰苦创业，历经风霜雪雨，历经梦想与痛苦，历经奋斗与挣扎。随着社会经济的发展变化，才逐步走出了困境。前行的脚步，留下了岁月的沧桑。那苦乐相伴、悲喜交加的年代，回过头去想，真是让我震惊、感动、欣喜、沉思。

我有两子，长子在成都就职于媒体，次子在西安打工。我家长子党鹏此次出版的散文集《屋檐下的乡愁》，是他历年来发表于各类杂志、书报或者自己微信公众号的精华所在。内文分为四个章节——故乡、群像、行走、随想，总计近四十篇文章，各方面都体现出一位资深媒体文化工作者的深度和广度。

3

我们的家乡在西安的郊区阎良。这里历史悠久，文化底蕴深厚。古老的秦汉栎阳城遗址就在我们脚下，它是第五批全国重点文物保护单位，也是商鞅变法之地，已有2400多年的历史。古栎阳是秦汉两朝统一天下的基石和跳板，尤其为秦始皇统一六国铺平了道路，因此被誉为秦汉帝国的摇篮，也是历史上的改革之都和法治之都。阎良还是黄帝铸鼎的圣地，有着中华农耕文化和其他传统文化的宝藏，有着时代的生机与魅力。

如今，阎良已经成为国家级航空高新技术产业基地，集飞机研究设计、生产制造、试飞鉴定、教育培训、交流会展于一体，是名副其实的中国飞机城，是亚洲一流的"中国西雅图"。承载着厚重历史的阎良，田园风光无限，瓜果芬芳四溢，处处是美景，每个人都留恋家园的人间烟火。

这人间烟火也让党鹏迷恋。他的《屋檐下的乡愁》一书中充满了乡土气和家常味，让人如同当面倾听多年深藏心底的话语，亲切而自然。那些平平常常的人和事，总能牵动读者的心，耐人寻味，令人感动。儿子经常是身在单位，却留恋家乡，眷恋着生养他的这方热土，对家乡父老乡亲充满感激和怀念，并有着坚强的毅力、善良的心地、执着的追求，投身于社会，投身于人间烟火。

党鹏的散文集能立足地域，调研资料富有深度。他秉持"亲历""亲见""亲闻"原则，亲近大自然，亲近人文社会，观察入微，挖掘调研，并得出自己的独有见解。他对于身边的人与故事能客观描述，不做主观臆断，又留下探索和思考的空间。

随着时间的前行，新的历史也产生了厚重感，尤其彰显出孝道等价值观。当阅读这些文章时，人如同走进历史的时空隧道——从这一方山水之中孕育出了文学精神，从文学创作中了解文化，从文化中了解历史。

4

通览全书，文章情真意切，观点分明。记叙个人生活一片真心，谈论昔年往事一腔真言。正因为如此，他的一些文章刊登后遂赢得好评。在这册散文集中，人们不仅可以窥见他对故乡、对父母、对师长、对亲朋的殷殷深情，还可觅得他在近几十年岁月中历经艰辛、自强不息、乐观向上、追求生命价值的宝贵精神。这些文章是他对几十年来酸甜苦辣的记录，是他利用多少个日夜才写成的心血结晶。所有这些，正是岁月留给作者，也留给每一位读者的青春记忆。

悠悠天地间，浓浓故乡情。《屋檐下的乡愁》，它是岁月的长河，是分不开的山水，是对故土的眷恋和思念，是遥不可及却又触手可翻的画卷，是上一辈的期盼，下一辈的守望。一页一页，页页是慈母爱，一字一字，字字是严父心，一幕一幕，幕幕是家乡情。回不去的曾经，留不住的过往，有时候我们怀念的不仅仅是哪个人哪件事，而是过去的那段岁月。

是为序。

2023年6月

女儿的序

文\党烨然

1

初接到这个写序的任务时，还蛮迷茫的，写什么？怎么下笔？自己的辞藻难以评为丰富，做不到下笔如有神。至后来，在阅读完父亲所著《屋檐下的乡愁》一书中关于"故乡"的章节后，才有了些许眉目。

相对于我们这一辈来说，父亲那辈人对"故乡"这个词似乎更加地敏感。透过父亲的文字，我望见了他上学的那条路、乡道上迷茫的白雾、奶奶亲手纳出的那一双双布鞋在他的回忆中泛着光。

我作为一个出生在城市中的孩子，忆起故乡——尽管依旧是心房中那柔软的一角——对比起父辈，要淡然许多。

时代的变迁之下，我们这一辈看的是城市边缘林立的工厂，走的是繁华的街道，穿的是各种品牌、各种价格、各种时尚的胶鞋……似乎凸显出的是更多的物质性。对一些质朴的情怀，我们似乎要淡薄许多。

在大数据的时代，我见过许多网络的假象或是真相。同时，我也见过许多人赤诚的心，一切并不如我们所想象的那样糟糕。就像父亲经常跟我说的，要怀有一颗悲天悯人之心，心里总是温暖的。

2

在父亲的笔下，他书写的家乡、抒发的情感、满腔的热忱，让我感动。

父亲记忆中的土地，我看见过，那是在夏日的夕阳之下，天空很奇怪，泛着紫色的霞光，在童话般的黄土地上，大片大片连在一起的麦田金黄泛绿，在风中如波浪般摇曳。麦田里，戴着草帽的农民在忙碌着施肥，一片安静祥和。

我的心被阳光晒透，梦中的那片田野再次被挖掘。不由得，我想起费孝通在《乡土中国》中所提及的"乡土性"，主要体现在三个方面：一是"乡下人离不了泥土"；二是依靠农业谋生的人群是"黏着在土地上的"，定居是常态，迁移是变态；三是聚村而居，终老是乡。就像我的爷爷，怎么也不舍得走出故乡的那片土地。父亲也一样，怎么也放不下遥远的故乡。

虽然我们这一代与父亲那一代有着各种隔阂，但仍旧心灵相通。我们的情怀和记忆深处，总有一片值得我们一生珍藏的东西。父亲的文字一点点勾勒出他的家乡，再次触动了我。坐在灯火通明的教室中，我仿佛感受到父亲在茅草屋檐下的情怀。

感谢翻开这本书的你，正如我在此前所讲，年龄、时代、地区各有不同，但是我们仍旧心灵相通，愿你在这本书里可以寻找一点属于你的什么。

2023年6月

目录

故乡

群像 ——————————————————————————

行走

随 想 ————————————

故乡

父亲对土地的感情是真挚的、朴素的。他欣喜于土地里长出绿意盎然的
庄稼，打出一袋袋的粮食；他信奉只要肯下苦土地就不会亏待我们的务
农哲学。但他无法抵挡身体一步步走下坡路，他无法在对土地的热爱里
坚持己见，他只能在执拗中纠结和悲伤，用三亩地坚守着，播种着他的
田园之梦。

夹脚的布鞋

1

记忆之中，每次穿上母亲做的布鞋总是夹脚。故而，每次回忆起关于布鞋的故事，我的心里总是隐隐作痛。

有一次，我婆如数家珍般地告诉我小时候的一个"典故"。她说，我刚刚能下地走路的那天，母亲就兴冲冲地将她做好的新布鞋穿在我的脚上，而我只是哇哇地直哭，全家人急得团团转，不明白我到底怎么了。后来，母亲脱去那尚未彻底完工的缎面儿软底布鞋，准备给鞋面上绣一只小老虎的时候，我才渐渐停止了哭声。也许正是从那一天起，我和母亲做的布鞋似乎结下了"冤仇"。

2

第一次背上书包去报名上学，我脚上穿着的就是母亲做的新鞋。虽然前几天我已经踩地磨合了，但是穿上仍然夹脚，脚后跟还磨了一个大水泡，走起路来一瘸一拐的。老师怀疑我是残疾人或者小儿麻痹。母亲慌忙解释说是因为给我做的鞋小了一点儿，有点儿夹脚。那时，我分明看见老师眼里露出一种不屑，显然认为母亲是不合格的。那时，母亲就如同相亲的小姑娘，脸红到了耳根。

每到农闲时节，母亲总是忙碌着整理家里或者亲戚给的旧衣服，一片片裁开，再根据薄厚分组，用面粉和成的浆糊，一层层粘起来铺展在院子里晒干，做成纳布鞋鞋底和鞋面所需要的袼褙。等收拾齐整了，基本上就到了冬日，母亲就和村里的婶子们坐在炕上，一边纳鞋底一边谝闲传。用不了多久，一双单的或者棉的布鞋就会在母亲的手里成形。

爷爷以前是鞋匠，留下了一套做鞋的工具，其中用处最大的除了大大小小的鞋样，就是那种木质的小楦头（做鞋的模型，塞进鞋里边，可将鞋面撑起，一方面固形，一方面可以撑大鞋面）。每次母亲做了新鞋，我总是先把楦头塞进鞋里，然后从鞋跟加一个个木锲进去，目的是将楦头夹紧，再用锤子前后敲击固形，如同上酷刑，最终就是为了把鞋撑大。然而，我穿上后仍然夹脚，布鞋似乎是对我进行一个反报复，无奈只有将鞋面两边的黑色松紧带剪开，脚背才感觉舒适一点。鞋上裂开的口子，就像脸上的疤，我因此常常被伙伴们讥笑。

　　回到家，我一脚将鞋踢飞，跟母亲哭诉我的委屈。由于家里穷，买不起那种胶质的球鞋，母亲只能含泪把鞋捡起给我重新穿上，并一个劲儿地道歉，承诺下一次一定做双大点的鞋。然而，或许因为家里要做的鞋多，材料紧缺，或许是母亲仍然趋于保守，做鞋的时候鞋底和鞋帮让得不够，我每每穿上母亲做的新布鞋，总是夹脚。当村里那些婶子们夸耀自己的孩子长得如何如何快时，唯一值得母亲自豪的是，她总以一句"我给娃做的鞋总跟不上他的脚"，将其他人的话憋在肚子里。

　　随着年龄的增长，我渐渐有了虚荣心，不再盼望什么时候能够穿上一双合脚的布鞋，而是对同学脚上那乌黑锃亮的皮鞋或者雪白的球鞋产生了强烈的向往。尤其是冬天，穿着棉布鞋很容易渗雪水进去，放学回去脚冻得僵硬，因此就对皮鞋的渴望更加强烈。但我知道家里不宽裕，我只能在梦中享受那种穿皮鞋的感觉。我日益鄙视脚上的布鞋，并不断地虐待它，希望母亲能给我买一双雪白的球鞋，然后在学校运动会的时候能够穿着它跑在前面。但是，我每次从母亲那布满老茧的手中接过的仍然是针脚细密、耐穿而且夹脚的新布鞋。

3

　　后来，我到城里的一所高中念书。那天，母亲和父亲商量着说应该给我买一双像样的皮鞋了，我听到后内心是一阵阵的欣喜和渴望。随后，父亲到镇上用卖小猪的60元钱给我买了一双"登云"牌皮鞋。当我用笨拙的双手系好鞋带儿，母亲让我在屋里走两步时，我的双腿却如同灌了铅一样沉重。走了一圈，我就赶紧换上了那双已经穿得合脚的旧布鞋，心里才稍微地平静了许多。

临走的那天晚上，母亲坚持帮我收拾各种生活用品和学习工具。我一觉醒来，朦胧中看见母亲的房里仍然亮着灯，我没有在意，又翻身睡着了。第二天早上，当我背上行李走出房门，母亲从屋里冲了出来，手里捧着一双新布鞋。这时，我才发现母亲的眼里布满血丝。原来她一夜未睡，为我赶做了这双新布鞋。我的眼泪一下子涌了出来，颤抖着接过母亲手上的鞋，目光却定格在她的手上。那是怎样的一双手啊，枯瘦衰老，手指关节上是臃肿的硬痂，组合成了一根根欲燃的火柴棒。因为长时间用细绳纳鞋底儿，手上勒出了一条深深的痕迹，细长的手指上到处缠着已经分辨不出颜色的医用胶带，似乎在向我诉说着辛酸和痛苦。

这时母亲抽泣着说："又不是不回来了，哭啥，这鞋也不知道是不是适合我娃的脚。"我赶忙说肯定合脚的。接过那双仍留着母亲手温的布鞋，我擦去眼泪骑着自行车去远方的学校了。

走出很远，我回过头来，看到母亲仍然靠在家里的门框上向我张望。那一刻，我暗暗地告诉自己，一定要用最优异的成绩来报答母亲。

4

　　现在，每当我穿上母亲新做的布鞋，总是十分珍惜，有一点尘土也要及时掸去，也能坦然地步入皮鞋一族中去。虽然母亲不常做的布鞋仍然夹脚，但我想说这肯定是母亲的叮咛与提醒。母亲的爱啊，永远如天空一样广阔。

1997年6月

　　《夹脚的布鞋》一文发表于1997年6月的《成才之路》杂志，那时我正读高三，为高考做最后的一搏。虽然文章里有些套路是学生作文的痕迹，但是迄今为止，我认为这是自己写得最好的一篇散文，因为故事是真实的，情感与爱是真实的。

　　于我而言，已经很多年没有再穿过母亲做的布鞋，家里的鞋样、楦头也早已不见了踪影，但是记忆仍铭刻在心里。

　　后来，我有了女儿，无论给她买什么品牌的运动鞋或者皮鞋，她都没有那种惊喜感，如果穿着夹脚不舒服，要么退换要么就丢在一旁。送她到学校门口，转身跟你打个招呼已经算不错了，更多的是和同学边走边聊最近哪个明星的绯闻，或者是哪个老师的八卦。

　　我只能目送她远行，然后回忆自己当年的中学生活。偶尔和母亲视频闲谝的时候，提到当年她给我做的布鞋总是夹脚，在两人尴尬一笑的背后，总是有一抹美好荡漾在心头。

2022年8月

给父亲理发

1

"你去给你大（陕西话，父亲）把头发理一下。"母亲在厨房里一边收拾碗筷，一边对着正在客厅里看手机的我喊道。

这是午饭后的闲暇时光。小女儿坐在沙发里看小猪佩奇的动画片，我在手机上浏览新闻：今天确认的新型冠状病毒肺炎患者又增加了多少，死亡多少，全国各地的医生护士组成医疗队支援武汉，成为最美的"逆行者"……读着这些新闻，我唏嘘不已，为这场疫情感到心焦，但是又只能在家里宅着"为国家做贡献"。

母亲的喊声打断了我的思路。想起今天上午父亲和母亲出去买菜的时候，在小区周边专门找了一圈，没有看到有开门的理发店。我笑着说疫情这么紧张，按照规定都是暂时不能开门的。父亲就问我家里有没有给孩子剃头的工具，只有自己凑合理一下。他头发长了，不理的话心里很是烦躁。

我只好到处找在女儿小时候为她买的电动推子。记得只剃过两次胎毛，不好操作，只能作罢。电动推子后来就丢在抽屉里，充电器早已不知道去哪里了。翻箱倒柜找到一根可以配对的充电线，插起插头居然可以充电。

父亲和母亲难得从西安老家到成都来过一次春节。老家还有90岁的老奶奶，整日离不得人。我这边孩子小，回去也不方便。于是春节前再三商量，最后将奶奶送到姑姑家过年，才解决了后顾之忧。想着他们能到成都来顺便转一转，看看这座城市的变化。未承想春节前几天，等我这边放假回来，疫情的发展已经不允许我们出门了。只有宅在家里，母亲每天变着花样做老家的各种饭菜，我爱人也是轮换着做川菜，一家人倒是难得其乐融融。讲完了老家的东家长西家短，讲完了亲戚朋友的悲欢离合，又回忆了家里那些年的酸甜苦辣。

2

我放下手机，走到外面阳台上，才发现父亲一个人一手举着镜子，一手拿着电动推子，伸长脖子，从后脑勺开始自己给自己理发。我嗔怪说："你喊一下我嘛，你看你理得就像癞疤头，怎么整理啊？"爱人闻讯出来，看到这一幕也是捂着嘴笑起来。

接过父亲递过来的电动推子，再看看父亲的头，我顿时感觉自己是老虎吃刺猬——无处下手。这还是我第一次给父亲理发，也是第一次给大人理发。看着父亲的后脑勺被折腾得坑坑洼洼，一时真的不知道怎么修理了。

"你从脖子开始，从下往上剃，到后脑勺这里全部剃到最短。再往上就需要套上这个模具，可以大概理出一个形状，把头顶理平，不能顺着头形理。"父亲一边说着一边在后脑勺给我比画怎么处理。

举着电动推子，我眼前的父亲头发几乎都白了，只是夹杂着几根黑发。由于没有打理，头发显得杂乱，发质也很粗糙。按照父亲的提示，我一手摁着他的头顶，一手笨拙地从下而上剃上去，然后又将两耳背后的头发也一并理到最短。到了后脑勺，就加了模具，学着外面理发师的样子，拿着一把梳子边比画边将头顶理出一个平头的形状。正理着，孩子跑过来"哇"了一声，我一不留意将头顶上又理出一个小坑，旁边的头发怎么折腾都没法与这个坑持平，结果头发越来越短，发型越来越难看。

我把这个情况给父亲说了，他摆手说算了算了，差不多就行，反正很少出门，出去戴个帽子就看不出来。于是我再将周边的头发处理了一下，前后左右地看看，马马虎虎，但对我来说已经是超水平发挥了。

父亲去卫生间洗头，我在阳台上打扫头发楂，边收拾边想起小时候父亲给我理发的情景。那时候还没有现在的电动理发器，都是手动的理发推剪，老家人简称"推子"。那时理发绝对是个技术活，两只手要不停地捏放两个把手，力量也要均衡。尤其是推子要用防锈油保养好，否则锯齿生锈了就很难理发，动辄把头发夹住，扯得人头皮生疼。

我从小害怕理发就是基于这一点：每次从不同人家那里借的推子，锯齿好像都不行，只偶尔一两次遇到一个好点的推子。于是，只要父亲说理发这个事情，我就能飙出二里地，父亲举着推子满村撵我，撵上了少不得挨一顿揍，最后还是被父母压着边嚎叫边理完头发。凡是从家门口路过的村里人，都会停下脚步，一边看我父亲理发一边笑话说我家里又"杀猪"了。但那时候恨不得把一分钱掰成两半花的父母，肯定舍不得花两三毛钱让我去镇上理发，我只能隔三岔五地"遭一次罪"。

3

父亲洗完头发出来，感觉人一下子清爽和精神许多。看到还有个别地方的头发稍微冒出来，我说再给他弄一下，父亲又摆手说算了算了，越理越不成样子。

父亲主要还是得意于自己的手艺。以前他在部队上时，经常给战友理发。后来退伍回到村里当农民，也经常给村里人理发，因此他的人缘很好。但是我一直觉得理发水平的好坏，主要取决于推子的锯齿。但从今天用电动推子的理发效果来看，应该还是取决于个人的水平。

父亲说他现在在老家经常给弟弟的儿子理发，孩子很乖，哪里像我小时候理发就像要命一样。我笑着说："你现在用电动推子理发，孩子少遭罪，当然没有闹了。"

母亲在旁边听了，笑起来说："得了吧，现在孙子都不让他爷爷理发。娃娃上幼儿园，同学都笑话他头发理得难看，回家一个劲儿地哭，最后还是去外面理发店重新修了一下。"这一下说得父亲没有了言语，尴尬地去卫生间拿了拖把出来，把阳台上刚才理发的那一块拖了一遍，抱怨说我没有扫干净。

女儿跑过来说小猪佩奇没有了，现在电视里放的都是戴口罩的人。那时，雷神山的医院正在热火朝天地加班加点建设，与疫情赛跑。而此刻我们都在家里静守着安宁与祥和，只要亲人健康、平安，一切都会好起来。

2020年2月

我婆93岁了

1

"你到阿达（哪里）去呀？""镇上去呀，给你说了三遍了！"

"那个女娃子是谁？""娃她小姨妈，小姨妈，给你说了八遍了！""哦！"

这是我每次回老家和我婆的对话，说她老糊涂了吧，问的话都在点子上；说她清醒吧，又颠三倒四地问啊说啊。毕竟是93岁的人了，这几年耳朵不好了，记性也不好了，但是心里清白，猴年马月的事情，她都记得一清二楚；哪个亲戚和哪个亲戚是挂搭子（关系较远，勉强称得上亲戚），更是梳理得明明白白。

我婆叫柳茹娅。在那个年代，能起这个名字的父母恐怕不多，那个时代的印记，不外乎是春梅呀、桂芳啊、麦香啊，或者是招娣呀，来弟呀。虽然我婆的父母都是农民，但她的名字，却充满了书香味道，而且她的弟弟叫柳松，也就是我的舅爷。他喜欢舞文弄墨，对我的影响颇大。

虽然我婆的名字很好听，但是我小时候在堡子里和小伙伴打架，最恨的就是他们喊我婆的名字"柳茹娅、柳茹娅"，这就等于是骂我婆呢，骂我呢。于是，我打架就更加凶狠，也开始叫骂对方爷爷或者父亲的名字。

我们不像老外，即使儿子、女婿、孙子，都可以直接喊长辈的名字。我们不行，尤其在农村更不行，那不仅仅是不尊重，而且是一种诅咒一般。我婆的名字被小伙伴们记住，百分之百是因为他们婆呀、爷呀经常把我婆的名字挂在嘴上：那个柳茹娅，额（wài，引申为厉害）得很，你们都要避着她，不要招惹她。

2

我婆额，她年轻时候，和堡子里的婆娘们、男人们干架，没有人能吵得赢她，从南头到北头，不大的村子里可以响彻我婆骂人的声音：哪个X日的，把我树上的洋槐花钩完了；哪家的牛没有长眼，（放牛的）人也是瞎的，把我地头的麦苗吃咧……为了维护自己家的利益，我婆会叫骂出来那些恶毒的语言，更不要提谁家孩子欺负了她的孩子，那更是得理不饶人。在我的记忆里，还有我婆一手叉腰一手指着骂街的形象，有文人戏称这一形象为"茶壶嫂"，很是贴切。

我婆嬴，主要原因是我爷憨厚老实，在堡子里是那种一巴掌打不出个屁来的人。我爷是个鞋匠，按理说走街串户给人做鞋，应该能说会道。其实不然，我爷只会埋头做鞋，一个高大的男人，一手拿鞋底子，一手拿锥子做鞋，然后用木质的楦头固形，敲敲打打，交给乡邻一双结实耐穿的布鞋，那该是怎样的一个场景。后来我加入省作家协会，高兴地回去给我婆说我加入作协了，我婆拍着腿说："好我的孙子呀，你爷做了一辈子鞋，你好好的班不上，咋也跟着去做鞋呀？"

没有我爷在家里帮衬，我婆在堡子里要立足，要养活六个子女，在那个缺吃少穿的年代是多么不易。何况那时候我婆还要帮衬正在上学的小叔子，她只能用瘦弱的肩膀扛着这个家，或许这就是我婆嬴的原因——争取一切属于自己的利益，来养活这个家。在家里留存的照片里，我婆自年轻至今都没有胖过，虽然越老越矮，但是腰从来都不佝偻，身板挺直，腿脚麻利，步履匆匆，前几年和我一起出去在村道上散步，我累得气喘吁吁都撵不上。

实际上，因为我常年在外读书，后来又在外工作，和我婆的交流越来越少，回去打个照面后不是会三朋四友，就是去我的母校啊河畔啊周边转转。因此，对我婆的了解，都是碎片化的，从记忆里拼凑出来的一个婆的形象，低矮、啰唆、节俭、看得开，比人嬴，如此等等，这些构成了我婆的老年关键词。

今年春节回老家，我让孩子采访一下她的"祖祖"（成都称呼，关中地区为"老姥"），看看她能否回忆起当年的日子。结果我第一次从我婆的嘴里，知道她是13岁嫁给了我爷爷。那时候，我爷爷26岁，两人的年龄差距在今天看来都是很大的。这意味着，我婆嫁到我家已经整整80年了。

3

"那时候，你爷走街串户做鞋呢，他的一个亲戚家正好在我堡子，所以经常在那家歇脚。"我婆说，"你爷在村子里闲转的时候看上了我，就让亲戚到我家说媒，我大一看你爷有做鞋的手艺，人也老实，就答应了这门婚事。"

我想象我爷当年在村头偶遇我婆的情形，这是一份浪漫还是一种宿命呢？毕竟嫁到我家的13岁女孩，不知道她如何看待这门婚姻，只能遵从父母之命。我的大女儿15岁了，1.75米的大高个，却在生活上如同白痴。在我婆的念叨里，她13岁嫁过来，就要帮着家里干活，那时候纺线经常纺得很晚，作为一个孩子她瞌睡又多，因此常常被她的婆婆——我的老姥用木尺打脑袋或者打手。清醒过来，又接着纺线，"嗡嗡嗡"，纺线的声音充斥在她年少的梦里。

如今，我婆的十来个孙子、外孙家里都有她前些年亲手织出来的粗布床单。那是我婆送给每一个孙辈的礼物，成年礼或者结婚礼。床单粗糙，却是她和村里几个同伴互相协作，从纺线到织布，一天天一夜夜熬出来的。十几年来，在我的床上一直铺着我婆亲手织的粗布床单，绵软温暖，结实耐用，让我想起我婆坐在织布机前，脚踩踏板，手穿梭子的情景。或许，光阴似箭，岁月如梭，我婆在织布机上织出的是自己纵横交错的人生。

从这些生活的细节里，我才体味到为什么我婆后来越来越颟的根源——多年的媳妇熬成婆，13岁的孩子要在这个家庭里成长起来，在这个堡子里立足，在这个家族里树立自己的威信，只有颟才能给她带来自信，也成为她的生存方式或者处世哲学。

但我婆并不是不会维人，"维人"是农村底层的一种道德伦理。维是一个动词，有为人处世、维持的意思，也有修行、修为的意思。毕竟在同一个堡子里，抬头不见低头见，有关系亲密的大家族，也有外姓，因此哪些人需要疏远、哪些人需要拉拢、哪些人需要帮衬、哪些人不能得罪，我婆心里清清楚楚，处理得游刃有余。至今，她仍是我们这个大家族里老一辈的大嫂，我父辈的大妈，我这一辈的大婆，也是周边堡子里年龄最大的长者，享受着不一般的待遇。

4

我婆目不识丁，对我的熏陶则来自她给我念叨的那些自编或者民间流传的歌谣："麻野雀，尾巴长，娶了媳妇忘了娘，把娘背到河沿上，把媳妇背到热炕上。""笋笋面面，幸福蛋蛋。笋笋面面，黑白两罐罐。黑面给谁吃？给婆吃。白面给谁吃？给我娃吃。"我也把这些歌谣念给我的孩子听，而且根据音律另外自编了一些歌谣。或许，这就是对我文学最早的启蒙。

在我婆的十来个孙子、外孙里，我婆爱我的程度是很深的，至于和其他兄弟姐妹相比，深多少我无法知道。印象里最深刻的事情，就是我工作两三年的时候，想买房子，当时成都一环路边上的房子才2000多元每平方米，但是我仍然没有攒下首付。给父母说，能不能找亲戚借点，没有想到我婆听到后，立马在后院里的土堆中挖出一个罐子，交给我父母的钱居然有几千块，有些钱已经发霉了，可见她已经省吃俭用攒了很久。等我收到汇款，听到我婆的举动，不禁潸然泪下。

后来我成家立业，我婆最想来最稀罕的还是我在成都的家。她喜欢喝二两小酒，喜欢吃成都的火锅，喜欢和我的乡党朋友谝闲传，喜欢逛成都的大街小巷和乡村的农家乐。于是我就带她出去逛，吃火锅喝酒，又担心她高血压，总是让她少喝点，担心晚上吃饭不好消化，让她少吃点。但我婆不爱听这些，她爱听乡党们凑哄她，夸她胃口好，身体好，孙子能干。我婆就笑，高兴得假牙都要吐出去了。但是她只要回到老家，我肯定被我大骂："咋又给你婆喝酒了，高血压犯了，麻达（麻烦）得很！"

我爱人就喜欢我婆，说我婆看得开，有境界。她经常逗我婆问这问那："婆，你喜欢孙子还是孙女？"我婆就说她喜欢孙女，啥年代了，不要重男轻女，然后夸我的两个女儿都乖。"婆，咱们出去逛去呀！"我婆就立马说好呀好呀，问去几天、要不要收拾衣服。"婆，你喜欢吃火锅，舍得花钱呀？"我婆就说挣钱就是要花呀，成都火锅这么好吃，不贵不贵！我爱人就喜欢用陕西话说"不贵，不贵"，把我婆学得惟妙惟肖。

老了，就老了，这是不可阻挡的岁月。我婆老了，就更爱唠叨，啥都听不清楚，却又护家、护儿子、孙子，有时候又有小孩子脾气，和我妈又经常闹矛盾。在我爷爷去世前，我大我姑呀他们兄弟姊妹分家，我婆就分到了我家，其他儿女就很少照顾，啥事都需要我妈操心。我妈也是多年媳妇熬成婆，但是头上还有一个健康的婆婆，因此免不了产生矛盾。但我妈说了哭了抱怨完了，还是一如既往地照顾我婆。

我只能劝解："第一，我婆健健康康，有啥事还给你帮忙，没有躺倒让你伺候就是咱们的福气；第二，你们今天做的就是给儿孙看的，你对我婆的好就是我们现在和以后对你的好；第三，都是多年的媳妇熬成婆，都不容易，都要互相理解呢。"

我妈就嘿嘿笑，说："我娃说的都在理、在理。"生活就是如此，人要活得心里清白，也要能装得糊涂。我婆的一生，用她弟弟我舅爷的话说，就是"劳苦功高"。家有一老，如有一宝，我婆93岁了，其实她长寿的秘诀也很简单，该吃吃该喝喝，凡事看开一点，熬啊熬啊，啥都熬过去了。

对我婆的记录，这算是一个开头。我婆或将以一个完满的形象，走进我的下一部长篇小说里。

2023年2月

背馍的日子

1

雨夜阑珊，窗外的万家灯火陷入一片氤氲之中。

打开路遥的遗作《平凡的世界》，阅读开头的一幕：年少的孙少平身着寒酸，站在那个春天尚未到来的雪地里，等着同学们一一散去，最后才去领取自己的"非洲馍"（黑面馍），寻找菜盆底下混合着雨水的一点残汤剩菜。每每至此，我便泪眼蒙眬，在柔光里看到曾经的自己。

虽然贫穷，但不自卑；虽然艰难，但仍乐观。我想，这或许可以作为我曾经的青春注脚。

2

20世纪90年代，在初中和高中的6年时间里，我都是靠着背馍上学。虽然那时候不像孙少平一般艰难，同学们背的馍也不至于分"亚非拉"三六九等，但是在那些困难的日子里，仍是不易，甚至悲伤。就如母亲在我考上大学的那一刻，终于舒口长气，说："我娃这些年的苦没有白下，我蒸的馍没有白蒸，我娃把气争了。"

"不蒸馒头争口气"，作为农村娃，我争的其实是自己的气：那时候，当我仰躺在波澜壮阔的麦田里，看着天上自由飞翔的鹰，我就默默地告诉自己，争口气吧，争取考上大学不用再割麦下苦戳牛勾子了。那时候，诗歌距离我很遥远，我还没有学会用诗讴歌麦子，还有麦芒，还有蓝天白云，还有在阳光下随风起伏的灿烂的麦浪。我只会计算这一亩地能打多少粮食，能卖多少钱，够不够我下个学期交学费。生活就是如此现实，手握镰刀割麦和手握钢笔写诗对我而言只能是单选题。

那时候，班里的同学大多数条件都一般，都是趁着周末（那时候只有星期天休息）回家，从家里用蛇皮袋子装一袋晒干的麦子，再用自行车驮到学校交到食堂换粮票。很少有同学每天直接用现金在食堂买菜、买馍，那是多么奢华的吃法啊，按照现在的说法就是"家里有矿"。食堂有热馍，也供应一两样没有油水的炒菜。在我的记忆里，最好吃的就是用刚出锅的热馍夹辣子炒粉条，要是有个肉末，那就是打牙祭了。

想起用自行车驮麦子到学校的那条路，我觉得这是我走过的比川藏线还艰难的路。那时候，从家到学校有将近30里路，这期间必经一个30多度的长坡，只能推着自行车爬坡而上。遇到雨雪天气，驮着一袋粮食推车上去很是艰难。虽然有结伴的同学互相帮助推自行车，但是偶尔落单，或者下雪路滑，等推到半坡的时候人滑倒，自行车和粮食就会带着人摔下去。有时候粮食袋子破了，麦子撒落一地，自己却只能伤心地落泪，一个是无可奈何，一个是心疼麦子。但是没有办法，眼泪只能自己擦掉，撒落的粮食却无法捡拾起来，只有返回家里用其他厚实的袋子重新装。

即使如此，我们还是习惯返校的时候背点馍作为上学的干粮，一个星期里至少可以对付两三天，而不至于天天用从食堂换来的粮票。对于家庭拮据的学生而言，只能是"穷人的孩子早当家"，食堂的热馍还是贵了，辣子炒粉条也不是随便能吃得起的，虽然一个馍夹菜不过一两毛钱。

3

说起干粮，便想起了那些"拼妈"的场景。我们"拼妈"拼的是谁妈手艺好，拼谁带来的蒸馍白而且面揉得有嚼头，谁家的锅盔烙得香软可口还加了花椒叶，谁妈切的咸菜丝均匀泼的油多还撒了一把芝麻。

后来有一个段子，一帮在外工作的人春节回到老家，都诉说当年在全村的媳妇里，自己的妈是擀面条擀得最好的一个，蒸馍蒸得最好的一个，烙锅盔烙得最婑佅（wǒ yiě，两字均为好貌、漂亮的意思，引申为舒适、美好、合意）的一个。为此，一帮人吵得不亦乐乎，各人的妈都是形象高大、贤惠无比、不容侵犯。吵归吵，末了大家却醉倒在一只酒碗旁，泪眼婆娑……

一般从周一开始，一到吃饭的点，大家就回到寝室解开装馍的袋子，将家里准备的干粮拿出来现场比拼：有蒸馍，有锅盔，有花卷，有糖油包子。再打开自己的罐头瓶，里面大多数是各种咸菜，泼上辣子油，内容也很是丰富，有萝卜缨子、有芥菜、有红白萝卜、有菜花根，切丝或是切颗粒，或者咸了或者淡了或者脆爽可口，依据各人家里的口味和手艺而定。家里富裕的，就炒点肥肉或者熬点猪油，一个寝室里的同学就可以秘密分享，给热馍上抹点猪油撒点盐，那个香啊！虽然大家经济情况都一般，但不吝啬，可以互相交换，边就着咸菜吃馍，边评论各自妈的手艺。

后来和南方的同龄人聊起上学背干粮的事情，他们说那时候就是每天在饭盒里装一点大米，放到学校食堂统一来蒸，拼的就是各自妈在家里做好的下饭菜。条件差的也就只能带点泡菜，泼上油泼辣椒；条件好点的就熬点猪油，带瓶酱油，放在蒸好的米饭里吃猪油拌饭；条件再好点的就带上妈妈在家做好的回锅肉、鱼香肉丝、粉蒸排骨。看来那个年代，对于诸多的农村娃来说，上学确实不易，这或许也是《平凡的世界》当初在大江南北获得无数读者喜欢的原因。

那时候，我最喜欢我妈给我烙锅盔，陕西的"锅盔像锅盖"，因此我一直很鄙视成都人居然把一个小面饼叫锅盔。一般周日返校的时候，我至少要带两个大锅盔，切成小块装在袋子里。我妈一般会在锅盔里面撒点毛毛盐，加点茴香或者孜然，但是我最喜欢吃加点青花椒叶的，那种椒香味至今留存在唇齿之间。

后来我考上大学，我妈说她终于不用再烙锅盔了。我妈在村里夸我，就会说在我上中学的六年里，她烙的锅盔能堆满一间房子。我妈说是说，但抱怨的方式往往透露出一种自豪和幸福。

现在，只要我妈到了我在成都的家，势必先买面粉烙锅盔、包饺子。我女儿是奶奶带大的，就喜欢她奶奶给她蒸的白菜包子，里面加了肉末和粉条。只要条件允许，在老家的奶奶总是蒸了包子快递给孙女，或是我回老家的时候背回来几笼屉的包子，女儿在家蒸着吃、烤着吃，吃得脸越来越像她奶奶包的包子。

4

说起背馍，最让人难忘的，其实还是冬夏两季。冬天冷，蒸馍或者锅盔就会冻成硬茬，啃不动，丢出去能把狗头砸出血来。夏天热，馍放一个晚上就裂开了，往往从顶上干裂下来，就像炸开一样，难以下咽。有时候阴雨天，馍啊锅盔啊放两天就会长霉斑，但我们多是舍不得扔，撕掉有霉斑的皮继续吃。于是，常常拿了饭盒打来开水，将馍或者锅盔掰成小块泡在饭盒里，等泡散泡软了，再把咸菜拌在里面，吃起来仍是很香。

那时候就想，如果这是一碗羊肉泡馍多美，又若是肉夹馍那至少可以吃好几个。再继续开玩笑说，以前村里的老人谝闲传，都在想象皇上在宫里整天都吃啥呀，就有人说肯定是顿顿羊肉泡馍，一边吃羊肉泡馍一边还就着糖蒜蘸着辣子酱，旁边还有宫女给扇扇子。

这些只能归于想象或者玩笑，现实仍然是现实。那时候学校寝室条件差，学生都住在瓦房里的大通铺或者架子床，老鼠到处爬，甚至晚上睡觉爬到被窝上、脸上。让人最痛恨的是，老鼠常常把我们带来的馍袋子咬个洞，把干粮偷吃了。但没法讲究，我们只有把老鼠咬了的那一部分撕掉，剩下的继续吃。

等把背来的馍吃完，就开始用粮票到食堂买馍吃，一两粮票换一个白蒸馍，虽然看着软和，但是不瓷实，不经饿，有的同学一顿饭得吃五六个馍。那时候，学校外面的小餐馆也可以使用学校食堂的粮票买馍买饭，于是粮票成为学校周边餐馆和商店的"通用货币"，调皮的学生就开始用粮票换烟呀、打游戏呀，我看着多少有些痛心。

记得上高中的时候，有一次，我刚刚换了粮票，结果第二天就丢完了，伤心地大哭一场，那种心疼是撕心裂肺的。那时候没有电话，无法通知父母再送粮食过来换粮票，只能到同学那里去借或者饿肚子。后来我的班主任刘新蓉老师知道了，还经常给我留饭，至今想起来仍是感动不已。

5

虽然离开老家在成都已经生活了二十多年，但是我至今仍喜欢吃馍，吃锅盔，吃面条，甚至我可以一个星期不沾一粒米，但是每天不能没有面食。所以，随着年龄的增长，只有自己的胃才知道故乡在哪里。

我给孩子说，曾经的努力都是为了在明天遇见最好的自己，曾经的苦难都是为了在未来活得更精彩。孩子说，你要是学会蒸包子，我觉得你的人生不仅精彩而且完美。

2022年4月

沉重的肩膀

1

一个和尚挑水吃，两个和尚抬水吃，三个和尚没水吃。

挑水呀，抬水呀，这两个词汇对于现在的孩子们来说，已经是陌生的词汇了。"为什么要挑水、抬水呢？水不是从水龙头出来的吗？"孩子指着水龙头说，"应该叫拧水吃，把水龙头拧开不就可以了吗？"这就和薯片来自超市、蔬菜来自菜市场一样的道理。

挑水，却是早已被我深深刻在脑海里的词汇了。吃水的种种不易，常常浮现在我的梦境里，感觉肩膀上压着一条扁担，两边挂着沉重的两桶水，跌跌撞撞地挑着回家，一路上都是水洒出来的痕迹，弯弯曲曲，让人心疼不已。

虽然老家在关中渭河的冲积平原，距离泾渭分明的两条河渭河与泾河都不算远，和渭河的直线距离最近，不过10公里左右，但是在20世纪90年代，整个区域常有干旱，渭河水也经常抽不过来，缺少灌溉的庄稼连年歉收。印象里，最严重的一年，地里的玉米因为干旱，半人多高的时候叶子就已经干枯，结果一场大火焚烧了村里连片的玉米地。

干旱的同时，人畜饮水也成了问题。那时候无法奢望用上自来水，井水能够保障就不错了。而村里的井水，十有九咸，打出来的水人畜都不能喝，烧一锅热水出来，锅壁一圈都是蒸馏出来的白色碱性粉末，热水只能用来洗脚。

2

能够饮用的井水，成为村里的救命水源。

其实，再往前推，记得在我小学之前，饮水并没有如此艰难。那时候，村里的生态极好，记忆里还有两处芦苇荡，每到秋天，芦花就在村子的上空肆意飘荡，和袅袅炊烟成为乡村诗情画意的风景。小伙伴经常蹚着积水去芦苇荡里掏一种叫"雨喳喳"的小鸟的蛋，或者给罐头瓶子里面装上馒头屑丢在水里，不一会就装满了嘴馋的小鱼，带回家油炸了解馋。有一年积水最多的时候，邻居家的孩子居然被淹死在芦苇荡里。那是我第一次面对死亡，童年因此留下了深深的阴影。

但这样的好日子没过几年，吃水就成为一个问题。持续干旱，无限制地开采，水位下降越来越厉害，井水从趴在井沿上可以用瓢直接舀上来，到需要用压水井压出来，再到压水井已经无用，需要打出二十多米的深井才行。如今，村里的灌溉深井已经打到了一两百米，淡水资源的无序开采让人忧虑。

那时候，我们只能依靠井水生活，就不得不开始摇起了辘轳。辘轳这个东西，如今只有在民俗博物馆才可以看到了，但是对于我以及前几辈活着的人来说，却是记忆里最熟悉最深刻的农用物件了。

在20世纪90年代初，热播的电视连续剧就是女人命运三部曲：《篱笆·女人和狗》《辘轳·女人和井》《古船·女人和网》。此外，当年火爆的电视剧还有《半边楼》。至今记得刘欢当年演唱主题曲时那高亢的旋律："女人不是水呀，男人不是缸，命运不是那辘轳，把那井绳，缠在自己身上。"

于我而言，虽然对这歌词的意思一知半解，却一直认为命运就是那辘轳，井绳也只能一圈圈缠在辘轳的身上。我每次和爷爷去井边挑水的时候，就需要把绳子套在那辘轳上，一圈又一圈缠紧，然后哧溜溜松手，放到井里的水面上。摇一摇绳子，等铁桶倾斜下去，装满了井水，再用辘轳把绳子摇上来。一圈一圈，承重的绳子缠绕在辘轳上，吱呀吱呀，吱呀吱呀，那老得不能再老的辘轳，命运悲惨得让我揪心，感觉它的年龄比我的爷爷都大。

3

那时候，给爷爷挑水是我放学回家的主要功课。父亲和他的兄弟姊妹分家之后，爷爷和奶奶住在另外一个宅院，三个姑姑和两个大大都不在身边，因此实际上家里的日常照料还是要靠我的父母。挑水这样的活路，自然就落在了我的肩膀上，从小学五六年级开始，我就帮着爷爷抬水。两个人，用辘轳摇一桶水上来，用一根长棍子抬回500米之外的家里。爷爷心疼我年纪小，常常把重的一端放在他那边，我们就摇摇晃晃回去。有时候我不小心摔一跤，一桶水就倒完了，我就号啕大哭，哭完了只能回去再继续摇。两个人一起，摇着笨重的辘轳，吱呀吱呀，有一次我还差点掉进了井里。

随着我年龄的增长，爷爷也日渐老去，两个人抬水的日子成为过去，我开始一个人挑水。开始挑着两个半桶，后来挑着两个满桶。想起来，一桶水至少应该在近30斤的样子，因此对于正在成长的我的肩膀而言，甚是沉重。走一走，歇一歇，按照爷爷教给我的方法，让扁担轻轻地、有节奏地颤起来，这样就能省点力气。但往往到了家，桶里的水仍是洒掉许多，让人心酸而且心疼。

4

那时候，爷爷家有个大水缸，要装满就至少得七担水，十四个满桶才行。我初中的时候每天放学可以帮着抬水或者挑一两担水，够他们日常所用。等到了高中需要住校，每周只能周六晚上放学回家，周日下午返校，因此我就需要在短暂的休息时间里，一次性帮爷爷将大水缸的水担满，节省点够他们一个星期使用。整整七担水，挑完后已经是腰酸背疼，肩膀甚至红肿起来。后来母亲说，如果不是那几年挑水压着我，我或许会长到一米八以上，因为母亲是个高个子。

那时候，古老的辘轳早已承受不了命运的压力，终于四分五裂。后来村里换了一个钢筋焊接的辘轳，结果没有多久就被人偷了。因此，挑水更是成了苦力活，需要带着20余米的绳子，将水桶绑好，自己丢进井里，然后再一把一把将水桶拉上来。30斤的水，20米的绳子，中间不能停歇，一口气拉上来，手上磨出了茧子，磨出了水泡，就用布缠着继续拉（那时候买一双手套是一种奢望）。现在想想，我那时候简直是天生神力。而且不止于此，七担水，就是这么一把一把提上来，一担一担挑着，需要走500米才能回家。

有时候运气好，村里人浇地，需要从井里抽水出来，我们就给人家说尽好话，从水泵口直接接水挑回去。或者有时候借了邻居一个用汽油桶焊接的大水桶，将井水摇上来或者拉上来之后，倒进大水桶里，再用架车拉回去倒进大水缸，就可以免去许多汗水和手心的疼痛。

5

后来，我上了大学，离开了家乡，就无法再帮爷爷挑水了，这个事情只能落在父母的肩膀上。那一年冬天，我刚刚上大二，爷爷就去世了。请假回去奔丧的我，最后一次用大铁桶给家里运水，却是为了给爷爷办理丧事。

后来，我看一期《中国国家地理》，上面是关于西北地区缺水的报道。记得在宁夏的西海固有一句俗语：喝一口水，眼泪汪汪；饮一瓢水，就是天堂。这句话让人顿生凄凉——当地人泡咸菜都舍不得用水洗菜，将菜从沙土地里拔出来后，用刷子把根部的泥土刷掉，然后直接泡在盐水里。一年四季吃的只有雨水，家家修了窖池，即使如此还是无法满足人畜饮水。当然，后来国家在当地启动了移民工程和饮水工程，相信现在已不存在这样的问题。

如今，家乡早已用上了自来水，已经很少再看到盐碱水。但是水井越打越深，动辄一两百米。渭河水通过支渠引入村里，也仍然满足不了灌溉的需要。好在环境已经有了很大的改善，附近的石川河修建了水库，甚至有了湿地景观。庄稼生长旺盛，花果苗木繁盛，玉米地里可以看到飞跃的野鸡，路边草丛里会钻出久违的刺猬。春季里草长莺飞，秋季里熟透的柿子从村头挂到村尾，在树枝上红红火火。

生活充满了期待。记忆却历久弥新。吱呀吱呀的老辘轳，磨疼手心的绳子，沉重的铁桶，步履蹒跚的爷爷……如今，肩膀依然沉重，一头挑着儿女，一头挑着父母，眼前的路曲曲折折，延伸到远方。

2022年10月

屋檐下的乡愁

1

秋日的周末，阳光和煦而明媚。

在四川大学校园的池塘边，一座复古的教学楼里，举行着一场学术研讨会。专家学者与地方政府的基层干部轮番上阵，就成都郊区某个县城的"乡村振兴、共同富裕"专题，共同探讨田野调查和学术研究成果。认真倾听这些严谨的学术思想的碰撞，我被一个词语触碰到了内心最柔软的部分——屋檐。

是的，屋檐，这是一个充满温度和乡愁的词语。

想起故乡，脑海里就会涌现出许许多多的场景和人物。儿时的伙伴，已经越来越疏远；碾麦场上晒太阳、谝闲传的老人，接踵而走；村头那棵几人抱不拢的大槐树，早已被砍伐烧柴。就连那屋顶袅袅的炊烟，也因为天然气在农村家庭的普及，如今已经不见了踪影。因此，我只能感慨"没有炊烟的故乡，就像风筝断了线"，故乡已经愈行愈远。

终于，"屋檐"作为一个名词，写进了大学的学术论文，也写进了乡村干部的振兴规划。新时代的屋檐，承载的是共生、共融、共享的理念，这是对乡村空间的延伸，更是对乡愁的守候和挽留。

2

"半夜思家睡里愁，雨声落落屋檐头。"屋檐让人牵挂，是因为我们进进出出的活力，是因为这人间最平凡的烟火。屋檐下是几辈人鲜活的生活气息，是燕子千里万里赶赴的归巢，是玉米辣椒挂在屋檐下的喜悦。

城市没有屋檐。城市里的小区建筑是楼房，街面布满寸土寸金的商铺，巴掌大的店门口摆放的不是摇摇车，就是小货架、广告牌，即使有一点屋檐，也是挂广告牌的地方。下雨的时候，行人没有屋檐可以避雨。于是我想起故乡陕西关中的老屋，老屋是用青砖灰瓦盖成的，或者是红砖土墙，房顶是长长的橡子，屋前会伸出一个长长的屋檐，短则80公分，长则120公分。屋檐是自家的，但是村里人或者路人谁都可以站在下面避雨，遮太阳，或者三五个人圪蹴着吃旱烟，下一盘象棋，谝闲传。东家长西家短，远到美国总统，近到村主任改选，古今中外，都成为谈资。

屋檐下有人气，也有四季。春天是燕子筑巢的呢喃，夏天是瓜果收获的欢愉，秋天是玉米挂在墙上的炫耀，冬天是柴草垒砌的安心。

屋檐的功能，主要体现在夏收和秋收两季。6月收了麦子，10月收了玉米，都需要在家门口晾晒。等天阴下雨，就需要提前把麦子、玉米收起来，临时堆放在屋檐底下，用塑料布盖着，等到出太阳了再打开，重新在门口晾晒。如果是那种连阴雨，十天八天地下着，那么未晒干的粮食可能就会发芽，让人很是心疼。

冬天是屋檐下储存柴草的好时节。等秋天的玉米棒子一个个脱粒完了，剩下的玉米芯就是冬天煮饭最好的燃料。早些年的时候，家里还有炕，玉米芯就成为冬天烧炕最好、最耐烧的柴草之一。因此，每家每户都要囤积晒干的玉米芯。但玉米芯的堆放，只有我们家在屋檐下摆放得最为规整，一根又一根，一排又一排，一层又一层，错落有致。有时候摆放得有一人高，看上去就像一个碉堡，看横截面又像一幅少数民族的刺绣。虽然看上去很美，但是这让我很无奈，往往着急和伙伴们去玩的我，却在父亲的呵斥下不得不慢慢认真摆放。父亲是早年退役的伞兵，跳伞可来不得半点马虎，否则就可能危及生命安全。因此，虽然退伍多年，他在生活里仍是细心，甚至到了那种让人无法忍受的地步。他不在的时候，我就在外围摆一圈整齐的，里面则随意丢玉米芯进去。但是这种作弊手段肯定无法逃过父亲的法眼，不得已经常返工。虽然现在已经不再用玉米芯做燃料了，但是前段时间老家拆房，剩下很多没有用的旧木料，仍然被父亲用电锯锯成大小相近的木条，整齐地码在后院里。孩子回去看着爷爷的杰作，拍着爷爷的肩膀说："小伙子，真能干！"

相对于房前的屋檐，后面的屋檐则一般稍微窄点。前面需要炫耀高屋大檩，后面则是讲究实用和节约木料。墙上一般挂着农具，如犁耙、镰刀、锄头等，屋檐下摆放着大盆或者铁桶，下了雨就刚好接住。那些年，关中平原经常干旱，人们已经习惯节约用水，这些雨水在紧要的时候可以当饮用水，平日里可以洗洗涮涮。日子都在细节里，过得朴实、节俭、简单。

那时候，从小学到中学苦读的我，喜欢在下雨的时候坐在屋檐底下，听雨水滴答滴答，或是看一本书，或是发一会呆；冬天的时候，屋檐下则挂着长长的冰溜子，那时候不觉得脏，喜欢掰下来一截放在嘴里舔。家门口对着一条大路，远处迷迷蒙蒙，感觉望不到尽头，虽然心里清楚，不远处是另外一个村庄。那时候，唯一的梦想就是逃离村庄，不再割麦子、收玉米，不再为摆放玉米芯和父亲争吵，不再将雨水澄清然后烧水煮饭，不再过艰难拮据的生活。或许，这就是我努力学习的动力，那时村庄成为内心里的纠缠和负累。

等我考上大学，站在屋檐下送我远行或者接我回家的是日渐老去的父亲和母亲。再后来，有了工作有了孩子，回家的时间就更少，同住屋檐下成为一种奢望和期待。于是常常做梦，梦见自己坐在屋檐的下面看书，前路迷蒙，内心焦灼。醒来了，就明白是因为自己最近压力太大，故乡的屋檐成为治愈我内心的落脚点。

3

如今老家的房子已经翻新，老屋拆除了，新修了水泥框架的平房。但是屋檐还在，"鸟鸣庭树上，日照屋檐时"，门口的屋檐依然突出很多，下面的水泥台子上摆放着旧沙发、小凳子，村里的老人有时在屋檐下说几句闲话，粮食依然需要在上面囤放，只是很少再摆放晒干的玉米芯。机械化收割，倒在家门口的是干净的玉米粒，玉米芯被直接打碎放在地里做了肥料。

屋檐依旧，故乡已经物是人非，回不去时是内心的牵挂，回去了则给予短暂的治疗。"留得住青山绿水，记得住乡愁"，乡村虽然没有了炊烟，但是还有屋檐，屋檐下有人情世故，有旧时记忆，有烟火温度。在乡村振兴蓝图的细节里，屋檐延伸出来的空间，正在为我们的乡愁遮风挡雨。

2022年11月

赶集的人间烟火

1

"走，'上会'去呀！"每逢三、六、九日，村里的婆娘们吃罢早饭，就吆五喝六地"喧轰"着去"上会"。

这个"会"可不是会议的"会"。用普通话说，上会就是北方人统称的"赶集"或者"赶会"，南方人大多数叫"赶场"。此外，福建、广东、浙江沿海人多半叫"赶墟"；海南小镇上将赶集称呼为"趁圩"，趁是趁热闹，"圩"同"墟"，就是集市；云南人则称之为"赶街"，街自然是小街。一般各地会根据当地的习俗，将逢单日、逢双日，或是三、六、九日，一、四、七日，二、五、八日作为固定赶集的日子。

赶集的场所，主要集中在乡镇政府所在地，或是一条不长的主干道，或是一条爬坡上坎的小街，或是政府划定的一片空地。县级以上的城市里，一般不需要专门定个时间作为赶集的日子，商场里每天都是赶集日，只要你有钱有闲，啥时候都可以去"赶集"，市场是围绕着你转的。

2

关中人习惯将"赶集"称呼为"上会"，而不是"下会"，而且要上"早会"。上会呀，顿时有了严肃的感觉，好像自己是某个堡子的代表，去参加镇上、县上的会议。因此，上会必然要穿得体面，不再是平日里扑西来海（邋邋遢遢）的样子。不管是骑自行车还是电动车，都要将其擦拭一遍，干干净净地出门。尤其村里的新媳妇，出门得描眉抹眼地捯饬半天，才背了小提包，扭着小腰和村里年轻的媳妇们一起出门去上会。

乡镇不大，从东头到西头，就一条主干道，不过三四里路。路的两侧，除乡镇政府、小学、中学、医院、市场管理所、税务所、粮站、邮局这些单位之外，剩下的就是老街上原居民自建的出租或者自营的商铺，或者是乡镇政府将空闲土地利用起来建设的对外出租的铺面，从而沿街为市，开满了小商店、小吃店、家具店、服装店、理发店、药房等。但这些商铺，只能满足街上或者临近堡子群众的日常需求，在春秋两季的农忙啊、逢年过节啊，很多时候还需要通过"上会"来满足老百姓日益增长的物质文化需求。

上会，首先满足的是生产物资的采购。比如春播，就需要上会去买各种蔬菜种子，或者直接买培育好的辣子苗、茄子苗、西红柿苗等。还有小鸡、小鸭，毛茸茸的，放在筐子里，叽叽喳喳地叫着春天。此外，还有小树苗，从香椿树、杨树苗到其他各种果木、绿化类苗木，都能在上会的时候买到；还有锄头、镰刀、牛皮绳，甚至一些现在年轻人都不认识的、过时的家伙什，都能在会上买到。

再大一点的集市，还有各种牛、羊、猪等牲畜的专业交易市场。记得多年前，我爷爷带我去上会观摩人家买卖耕牛，双方穿着大棉袄，袖子上满是泥水，袖口蹭得发亮。谈及交易价格，两人就伸出手在袖子里暗自捏上半天，脸上的表情极其丰富。打了半天哑谜，最后才一锤定音，一手付钱一手交牛缰绳。

其次是各种鞋帽服装的采购。对于现在的年轻人来说，集市上的服装鞋帽自然是老气了，做工又不精细，颜色又不鲜艳，哪里像网络上，手指头一点，看上哪件买哪件，不合适了就退掉。但是对于很多中老年人来说，集市上仍然有令他们眼花缭乱的衣服和鞋子。黄胶鞋、塑料凉鞋、棉布鞋，尤其是红黑格子的围裙，让人恍如在20世纪，不知道这些产品都是从哪里进的货。实际上，在南方一些地区的乡村，这样的围裙是男人们的标配，饭前饭后都可以看到穿格子围裙的男人们进出厨房。忙完了，就在村口和老头老太太们摆龙门阵，穿围裙的男人就显得格外有魅力。

最关键的是，上会的时候有各种吃食。这些卖吃食的老板们，和卖衣服、鞋子的摊主一样，是流动摊贩，三、六、九日在这个集市，

一、四、七日又在那个集市。出摊的时候就摆在税务所门口、镇政府门口，单位上的人也不再撵他们走，条件就是把卫生打整好。摊主支了锅、架了案板、摆上桌子就开工了。在关中农村的集市上，路边摊一般摆着油糕、肉夹馍、凉皮、甑糕、砂锅米线等，品种丰富。这些小吃是上不了大雅之堂的，在集市上才有了自己旺盛的生命力，而集市也正是因为这些吃食，才显得热闹而充满人情味。

以前的集市，可谓绝对的脏乱差。吃饭的碗用塑料袋一套，或者简单在大盆子的水里涮一下，就给人盛上饭菜。遇到天阴下雨，主干道两侧是一脚水一脚泥，脏得没有地方下脚；春天的时候，多有沙尘，一股风吹过来，沙尘就在街道上拧成了一大股麻绳，在人群里乱窜，油锅里、桌子上到处是灰尘。即使如此，人们上会打牙祭的心情并未受到影响，照吃不误，末了还要给家人捎一个肉夹馍、几个油糕，用麻纸包着，油香油香的。

如今的集市日益干净，乡镇的道路早已全部硬化，很少有"水泥"路；摊主们除了要搭一个凉棚，操作间也多加了玻璃罩子，以防灰尘。讲究的摊主，还会带上一次性塑料手套，碗也是一次性的塑料碗，弄肉夹馍呀，拌饸饹面呀，拿油糕呀，干干净净。来一碗凉皮，黄瓜是绿的，凉皮是白的，辣子要旺，醋要酸，再配一个肉夹馍，那吃起来美得很哪！

小时候，最喜欢上会，上会对一个孩子来说意味着能买一双新的塑料凉鞋，能吃个肉夹馍，买几个油糕。油糕是我爷和我婆的最爱，吃起来绵软、油香，尤其是里面包着红糖，咬破会涌出一股滚热的糖汁，不小心流到手指头上，都要立马舔掉。我偶尔和我爷去上会，爷孙俩就一人一碗羊肉泡馍，吃得满头冒汗。那时候我饭量大，一口气可以吃三个饼的泡馍，现在却连一个都吃不完。那时我最喜欢吃的还有羊蹄，冬天才有，冻成皮冻一样，特别有嚼劲。我弟偶尔在冬天回老家赶会，就顺手给我快递几个冻羊蹄，味道仍是很好，自己尝试做却总是失败。

上会更是一种独特的社交。临近堡子的亲戚朋友在会上碰面，男人总是热情地让烟，每个人的手里、耳朵上都夹着各种牌子的香烟，大家也不讲究谁的烟好，让的是一份热情和率真。男人的话题离不开挣钱，在哪里打工啊，今年地里种芹菜还是甜瓜呀……女人们见面程序就很多，先是扯着对方的衣袖说啥时候买的衣服真好看，又夸对方瘦了白了，即使胖了那也是一种富态和福态。末了就是东家长西家短，不是自己男人喊都忘记了要回家给老人和娃弄饭的事情。尤其是在吃食摊上碰面，不是抢着给对方付账，就是让老板多加一个肉夹馍，让朋友拿回去给娃吃。

3

有时候在手机上刷小视频，也会看到山东人赶的大集。比如几十年如一日卖拉面的拉面哥，专门做捣鱼刺的胖小伙，让人印象深刻。尤其是山东大集上，一大早就有人喝早酒，就着一份小豆腐、一碗馄饨，就可以干一斤白酒。大爷们喝的是一种简单的快乐，集市是他们人生里不可或缺的一个舞台，看尽世事，看尽悲欢，日子丰盈，岁月静好。镇上的这些小人物或者当地吃食广为人知，正是得益于那些关注乡村的网络直播，他们给集市带来了流量和关注度，也带来了烦恼和新的思维。如今，老家集市上也出现了网红直播，每次刷抖音会看到老家一个叫莎莎的女孩直播油糕呀、甑糕呀，我就情不自禁地流口水。

如今，我偶尔回老家也喜欢去上会，车水马龙，嘈嘈杂杂，从东头走到西头，再从西头走到东头，感觉道路越来越逼仄，但是耳边的乡音仍是那么亲切。上会的城里人也越来越多，这更多的是一种沉浸式体验，体验农村不一样的生活，体验自己儿时的记忆，体验瓜果蔬菜的便宜和新鲜，体验肉夹馍、凉皮、油糕的烟火味道。

与此同时，在热闹的乡镇里，我们也可以看到消费升级带来的生活富足。在小镇上，有了奶茶店、蛋糕店，有了各种海鲜，天南海北的水果和蔬菜。冬天，我们不再囤积大白菜、白萝卜和土豆，想吃啥想喝啥，集市上有，大商场里有，满足着人们各种各样的需求。于是，钱不经花，在手机微信余额里、支付宝账户里，就是个数字，"男人是个耙子，女人是个匣子"，男人就抱怨女人不会当家，女人就抱怨男人没有能耐，吵了闹了，两人想办法挣钱才是正经事情。

我常年在外奔波，就喜欢到各地看看乡镇的集市。南方的集市上，男女老少还是喜欢背一个竹篓，里面装满蔬菜、鸡鸭鱼肉，逢人就可以显摆自己生活的富足。一些集市因为城镇化的进程，越来越热闹；一些集市却因此而日益萧条，原来逢单、逢双的集市，如今赶场的人已经寥寥无几，菜苗卖不完，小鸭子越来越孤单，蔬菜瓜果仍是新鲜，却无人问津。

　　乡镇的兴起和衰落，有着各自的内在逻辑。而集市承载着记忆、乡愁和希望，更是乡村非物质文化的组成部分。"上会去呀！"生活是体面的，在赶集的路上，在街道上的吃食里，在粗糙的农具上，烟火葱茏，乡情茂盛，让异乡的我牵肠挂肚。

2022年11月

流淌在《诗经》里的石川河

1

"泾以渭浊，湜湜其沚。"在《诗经·邶风·谷风》中的这一句记载，让"泾渭分明"的两条河在历史的记忆里流淌不息。

在《诗经》里，我们可以看到中国大地上发达的水系，不论是黄河、长江，还是溪流、湖泊，都在《诗经》里滋润着万物，滋润着爱情，滋润着故乡。水的涟漪回荡在《诗经》中，让我们感觉"宛在水中央"。

在《诗经》里提及的众多大江大河、溪流湖泊之中，被忽略或者被忘却的一条河流，就是漆沮河，漆沮是渭河的支流。曾经的漆沮河，就是故乡的石川河，从《诗经》里缓缓流淌而来，一路残破不堪。如今，这条河正在分段治理，消失的湿地回归河床，流淌在我思乡的梦里。

2

在《诗经》里，梳理那些大地上的河流湖泊，发现有黄河、淇河、泾河、渭河、淮河、汉江、洛河、济河、汾河、大汶河、汝河等，其中写到黄河的有20多篇。

由此可见，《诗经》仍是以诵吟黄河文明为主的诗歌收集与表达。它对长江落笔不多，甚至仅仅以支流为主。《周南·汉广》中说"南有乔木，不可休思；汉有游女，不可求思。汉之广矣，不可泳思；江之永矣，不可方思"，足见江水之浩荡。

其中，写到漆沮的有3篇。何为漆沮？《尚书·禹贡》中称："弱水既西，泾属渭汭，漆、沮既从，沣水攸同。"意思就是漆水和沮水两条河已经一起流动，沣水也与它们汇合在一起。史料记载：漆水出铜川县东北大神山，西南流至耀县；沮水，亦名宜君水，出县北分水岭，东南会漆水，名石川河，经富平县至交口（临潼县）入渭，下流不与洛水相遇。

因此，从严格意义上说，漆沮是石川河的上游，在《诗经》里，则泛指这条全长151公里的河流。

漆沮是一条什么样的河流呢？《诗经·大雅·文王之什·绵》中如此描述：

> 绵绵瓜瓞。民之初生，自土沮漆。
>
> 古公亶父，陶复陶冗，未有家室。

这是周人记述其祖先古公亶父事迹的诗。自古以来，周人一族正是在杜水河（上述诗歌中的"土"通"杜"）、沮漆河流域逐水而居，繁衍生息，就像一根藤上的瓜一个挨着一个，绵延不断。

漆沮河的生态到底如何？何以能让周人视为先祖的故乡呢？在《诗经·周颂·潜》有关"漆沮"的篇章中，则如此描绘了这条河流丰富的物产：

> 猗与漆沮，潜有多鱼。
>
> 有鳣有鲔，鲦鲿鰋鲤。
>
> 以享以祀，以介景福。

这是一条多么丰饶的河流，在《诗经》里弥漫着烟火气息：这里有鳣（zhān）鱼、鲔（wěi）鱼、鲦（tiáo）鱼、鲿（cháng）鱼、鰋（yǎn）鱼、鲤鱼六种鱼类，就像一个养鱼的池子（潜）一样。这让我想起东北人的那句老话，"棒打狍子瓢舀鱼"，先秦时期的漆沮河亦是如此。如此之多的鱼类出产，让周人一边自己享用，一边作为祭祀品供奉给祖先，这该是多么富足而欢愉的图景啊！

不仅如此。《诗经·小雅·吉日》中的描述更凸显出漆沮河的历史地位，即天子（周宣王）的猎场。显然，这里不仅鱼类丰富，而且有各种野兽，尤其是成年的雌鹿成群结队地穿梭于河岸茂密的丛林之中。

　　吉日庚午，既差我马。
　　兽之所同，麀（yōu）鹿麌麌（yǔ）。
　　漆沮之从，天子之所。

　　我想，那时候的漆沮两岸应该长满了茂密的蒹葭（蒹，没长穗的荻；葭，初生的芦苇），其应该和渭河的上游植物并无大的差别。"蒹葭苍苍，白露为霜。"（《诗经·秦风·蒹葭》）如今甘肃天水市的渭河之畔，两三千年前就长满了蒹葭。在秋日的清晨，白色的芦苇花在风中起伏，而我站在渭水边思念心中的伊人，如此浪漫。我想，这样的一幕也曾经在漆沮河畔上演，伊人的背影令人唏嘘不已。

　　但是查阅有关老家的历史考古资料，关于鹿制品、陪葬品的记载却很少见。但我坚信，那个时候作为周王室猎场的漆沮河，同样也是其养鹿的鹿场。

　　《诗经·小雅·鹿鸣》中有如此描写：

　　呦呦鹿鸣，食野之蒿。
　　我有嘉宾，德音孔昭。
　　视民不恌，君子是则是效。

我有旨酒，嘉宾式燕以敖。

这正是周王宴会宾客的写照，而鹿鸣或成为宴会音乐中模拟的声音，以此助兴。那时候，鹿已然不再是鹿，它也逐渐成为权力的代称，"逐鹿中原""鹿死谁手"为鹿打上权力的铭记。

3

漆沮河虽然没有泾、渭两河那么有名，没有黄河那样磅礴，没有汉江那样浩荡，但是漆沮河是慷慨的、无私的、丰饶的。在漆沮河畔，周王室曾设立自己的猎场，秦献公曾在这里建立都城古栎阳（今在西安市阎良区），一直到如今，漆沮河都在滋养着两岸的人民，滋养着这片渭河冲积形成的土地。

公元前385年，秦献公在雍城（今陕西省宝鸡市凤翔区）即位，前383年下令筑栎阳城，后徙都栎阳。公元前362年，秦献公去世后，秦孝公继位。秦孝公十二年（前350年），他又把都城迁到了咸阳。

漆沮河是距离栎阳城最近的一条河流，其两岸肥沃、平坦的土地，为大秦发展农耕文明奠定了基础。在我看来，这正是嬴姓一族从以放马为生转型到以农耕为生的重要标志。公元前359年，秦孝公命商鞅在秦国国内颁布《垦草令》，其主要政策就是刺激农业生产，由此拉开了大秦全面变法的序幕。

变法100年之后，嬴政（前259年—前210年）出生。嬴政继位之后，修筑郑国渠，使得渭北包括渭河北侧的盐碱地都得到了相当的治理，当地的粮食产量得以稳步提高，成为大秦对外扩张的粮草基地，这也使栎阳的地位越来越凸显。

在20世纪70年代发掘的云梦睡虎地秦简中有"仓律"（秦代关于粮草仓的法律）规定，咸阳是十万石一积，栎阳是两万石一积，其他县是一万石一积。在大秦的仓库系统中，首都咸阳是第一大粮仓，栎阳则是全国第二大粮仓。因此，栎阳也成为嬴政布局的重要军队营地，在电视剧《大秦赋》里可以看到，当嫪毐发动军事政变之际，正是栎阳营为平息叛乱立下了汗马功劳。

在如今的石川河畔，阎良区与富平县的交界之处，有一大冢，碑文为"汉太上皇陵"，即刘邦父亲刘煓（前271年—前197年）的陵园。秦灭亡后楚汉相争，项羽封刘邦为汉王，统治秦岭以南的汉中；由章邯、司马欣、董翳三人三分关中以遏制刘邦。其中塞王司马欣曾短暂地以栎阳为都。刘邦在夺取关中后，依然以栎阳为都，直到公元前200年才迁都长安。对于刘邦而言，栎阳自然是他的福地，汉高祖十年，刘煓在栎阳宫去世后，葬于石川河畔，却不是他的故乡徐州沛县。

遥想当年，在石川河宽阔的河面上，一艘艘帆船载着军粮和关中的子弟，顺风而下，进入渭河，再流转各地，助力秦军一统六国，助力刘邦安定天下。

此后的漆沮河，在历史的烟尘中，日益瘦小、没落。其中的原因，在于咸阳或者长安城日渐代替了栎阳城的都城地位，同时栎阳也因为缺乏像渭河、黄河那样的水运交通，没有背靠秦岭的战略优势，逐渐成为一个普通的小县城，就像后来漆沮河彻底蜕变为"石川河"，变得平凡、淡然，从《诗经》的荣耀里蜿蜒而缓缓地流淌出来。

自古以来，水被赋予了特殊的政治意义，正如英国学者菲利普·鲍尔所著的《水——中国文化的地理密码》一书中所说："水，是中国思想最强大的载体之一。与此同时，也是出于同样的原因，水一直是中华文明的关键决定因素之一。它主宰了帝王的命运，塑造了中国哲学的轮廓，并且在中国语言中到处留下了印记。"因此，漆沮河的命运的兴衰，也正是王权和文明对水的重新认识。

4

问：石川河有水吗？

答：有，季节性来水！

这样的问答，确实基于客观事实。为此，在几年前我曾经从铜川出发，沿着石川河顺流而下，经富平县、阎良区、临潼区，一直到交口，看着河道汇入渭河。151公里长的石川河，虽然满目疮痍的情况仍然存在，但是通过分段治理，已经开始呈现新的面貌。尤其是夏秋两季，雨水丰沛，逐渐填满了河川里的沟沟壑壑，几个打围的水库也开始蓄水，芦苇开始在湿地里肆意生长。

但在我幼时的记忆里，石川河是残破不堪的。石川河之所以为石川河，是因为河川里有小石细沙，这都是建筑工程良好的材料。也正是因此，石川河从二十世纪七八十年代开始，就遭到了破坏性开发，沿途的河道被挖掘得坑坑洼洼，加上上游大坝拦水，中下游河道几乎枯竭。因此，石川河河道一方面乱草丛生，一方面大坑套着小坑，处处都是挖沙取石制造的陷阱。

令人心生叹息的，不仅是采砂石的破坏，还有沿岸区县在那些年大规模建设造纸厂、化工厂而造成的污染。记得老家那一段河道上，有一个造瓦楞纸的纸厂，每年收购大量的麦子秸秆，然后在河道里挖深井抽水，用于生产瓦楞纸，但是排放出来的是散发着恶臭的乌黑的废水。后来，在2005年开始了一场大整顿，石川河才得以苟延残喘。

但石川河还是给我们带来了乐趣。小时候，我常常和伙伴们三五成群跑到石川河畔去耍，那时候河道的水坑里偶尔还有小鱼小虾，我们或者捉鱼虾，或者在雨后的水坑里游泳。但每年都有小孩陷入深坑死亡的消息，这也成为我们童年的阴影。不敢再去河道里，我们就在河道两岸的崖畔下挖各种草药，或者捉蝎子。那时候学校倡导勤工俭学，这些都是可以卖钱的。

石川河畔最大的乐趣，还是每年秋季打枣的时候。虽然我的家距离石川河还有距离，河畔的枣林也是另外一个村子所有，但是有亲戚、同学在河滩上有自己的枣园，我们就喜欢去帮人家打枣，回家总是带上一大口袋枣子和家人分享。

枣林如今被称为"相枣林"，成为老家土特产的一张名片。很多的老枣树已有百年历史，枝干遒劲有力，尽显沧桑。随着近几年农村观光旅游的兴起，每年都要举行打枣节，盛况远超前些年的景象。

最难忘的还是去另外一个镇上高中的时候，偶尔会走石川河河道，这样可以少走几里路，多串联几个同学。但这样的近道只能在晴天走，下雨天就是"水泥路"。河道的宽处也有二里多路，而且还要上坡下坡，如果骑着自行车再带一袋麦子去学校，在这条路上肯定是无法行走的。

春天的时候，石川河河道里开满各种野花，色彩斑斓。秋天，这里会留下很多野果，一种红黑色的豆豆吃起来有甜甜的感觉。当然，我们还是喜欢爬到河畔的枣树上，那里遗留着许多没有打完的枣子，此刻的它们就挂在枝头，摇一摇就掉下来，吃起来绵软香甜，回味悠长。

近几年，石川河已经发生了巨大的变化，从上游到下游，沿河的几个区县开始分段治理，尤其是通过建设河坝，以及在河堤和河底铺设防渗水层，形成了一些河道景观，当然湿地是重要的组成。当久违的芦苇回到人们的视野，已经很少有人知道这叫葭，如今湿地已成为人们观光散步的好去处。

这是我们的幸运也是无奈。当经历几十年的乱开滥采之后，我们终于明白"绿水青山就是金山银山"。

　　河道的千疮百孔，还需要时间去填平。期待着，漆沮河从繁华的《诗经》里一路流淌而来，"绵绵瓜瓞"，延续至未来。

2022年12月

父亲关于土地
的纠结与执拗

1

这是近几年我和父亲之间矛盾冲突的焦点——土地和庄稼。

我在成都工作，心里放不下的就是远在千里之外的老人。前些年，我能力有限，给家里也贴补不了多少，对于父母在老家种地这事儿有时候爱莫能助。近几年我缓过劲了，也不愿看到他们过于辛苦，就一再提议不种家里的地了，承包给别人种个甜瓜或者蔬菜多好，老两口也难得清闲一下。

但我的提议屡遭拒绝，倔强的父亲还是要种。家里有八亩多地，包括我奶奶、我父母和我弟四个人的土地。虽然现在都是机械化耕作，但是一年两茬庄稼——麦子和苞谷，种起来仍是辛苦。

老家缺水，光是浇地都有说不出的艰难。没有河水，就只能用井水，但因为水渠失修或者与地块不衔接，浇地只能用引水带——直径约10公分的软塑料管子，从井口的水泵处接头，然后一直牵引到我家地头，再从地块的这头到那头一截一截地浇。大太阳底下浇地，是绝对的面朝黄土背朝天，汗珠子摔成八瓣。种粮还好，要是种甜瓜或者蔬菜，隔三岔五就要浇地，那才累人，没日没夜地泡在地头，是大多数务农人的日常生活。

此外，机械耕作也只能是翻翻土地，播下种子，或者是收割麦子、苞谷，但是梁畔得自己一点一点地修整，播种机播种不到的地方得人工补种，平日的维护包括撒肥料呀、除草呀、打农药呀，也都得人工来弄。花钱雇人是不可能的，这些只能靠自己。辛苦的程度，劳作的强度，与我二十多年前在老家时一模一样。

每次想到父母仍在种地劳作，实在不忍，只能督促在西安工作的弟弟多回去帮忙。于是，秋麦两料，只能靠弟弟抽时间回去打理，打药呀、浇地呀，我弟虽然有抱怨但是不得不下苦去干。他常常给父母算账，每次从西安回老家，来回的油费呀、过路费呀，投入比几亩苞谷或者麦子的总收入还高。但是没有办法，就当回去看望他们了，我们都拗不过父亲。

2

四年前，父亲因为患贲门癌而不得不住院。那时候，即将秋收，家里的八亩苞谷因为雨水多长势不错，收完苞谷就要种麦，可想而知十月份的农事得有多忙。那时，弟弟悄悄告诉我，父亲在区上的人民医院初步筛查是贲门癌，建议尽快去西安最好的医院确诊并手术。但是当我们婉转地和父亲商量的时候，他仍是不愿意放下庄稼，说秋收完了再去西安。

无奈，我只有把我的姨父姨妈呀、表哥表姐呀搬来劝慰父亲，说是让他放心去住院，庄稼由他们帮着料理。多亏了我这一次的坚持，去西安医院检查完虽然确诊是贲门癌，但是属于早期，手术还来得及。医生说再耽误一二十天那就是另外一回事了。于是我赶回去到处求人安排他手术的事宜，在医院里一守就是半个多月。虽然手术的刀口长达28厘米，但是好在父亲当兵出身，曾是伞兵的他体质一直很好，才扛过了这次劫难。

11月上旬，回到老家休养的父亲在能够挪动的时候，首先就是到他的土地上视察，就像国王巡视他久别的领土。视察完的父亲，背着手，一脸的严肃，满眼的嫌弃：嫌我们几个老表给他料理的土地不平整，梁畔整理得歪歪扭扭，麦子撒播得不均匀。我也是无语，我那几个老表常年做生意，都是二十来年没有种过地的人，能如此下苦给我们家料理土地，已是不容易了。后来我跟几个老表开玩笑说："我大对你们这几个侄子种地的手艺弹嫌得很。"老表们一脸的无奈和苦笑。

其实，对于父亲而言，种庄稼他并不是一把好手。从部队退伍的父亲，回老家后先是干过厨师，卖过豆腐，还在区上和镇上的工商局、工商所干过十几年的临时工，后来又自学摄像给农村的红白喜事摄影，很是红火了几年。那些年我的学费就是靠着父亲扛摄像机，一家红事一家白事赚下来的。后来因为婚庆行业越来越多专业摄影师的进入，以及数字化的变革，我父亲这个半路出家的摄影师，不得不放下过时的摄影机，回到乡村重新务农种地。但是他种的西瓜长得不好卖不起价，栽的梨树年年亏本只能砍掉，无奈只有种苞谷和麦子，却因为缺水往往要靠天吃饭。好在我和弟弟都陆续工作，也不再需要父母出学费和资助，种地的收入加上我们两个的补贴也就够他们在老家生活了。

休养中的父亲，经历了几次化疗，病灶基本上没有问题了，他逢人就说自己状态好得很，常常掀开衣服让人家看自己背上二十多公分长的伤疤，但是他的身体却大不如从前。现在饭量很差，而且因为手术去掉了贲门，他经常胀气呕吐，人也越来越瘦，夏天光身子可以看到暴起的根根肋骨和青筋。即使如此，他仍是放不下他的土地，除草呀，打药呀，自己干不了都要站在地头上监督我弟或者我母亲来干。

3

但家里的情况确实不容许他们再种地了。弟媳生了老二，需要母亲帮忙带着；弟弟的工作越来越忙，不能随时回去浇地；奶奶已经90多岁了，仍在帮忙操持一点她力所能及的家务；我远在成都，也不能随时回去，只能拜托亲戚朋友帮忙。

　　无奈之下，我们只有再次和父亲商量，将家里的土地承包给别人。这次，倔强的父亲也不再坚持，同意承包出去五亩地。另外的三亩因为分成两块，地块很小，没有人愿意承包，只有自己种着。即使如此，这三亩地种下来也是不易，我弟再忙再累，还是得抽时间回去打药、施肥、除草。不能叫苦，一叫苦父亲就会说，这点活有啥干头，他年轻的时候怎么样怎么样。

　　我建议说能不能只种一料麦子，苞谷就算了，太折腾人了。但是父亲不干，说土地荒着会让村里人笑话，而且国家也不许撂荒，这是要罚款的。具体的政策我不清楚，但是我知道，现在村里人笑话的只有父亲这么大年纪、身体不好还种地的事情。

　　父亲对土地的感情是真挚的、朴素的。他欣喜于土地里长出绿意盎然的庄稼，打出一袋袋的粮食；他信奉只要肯下苦土地就不会亏待我们的务农哲学。但他无法抵挡身体一步步走下坡路，他无法在对土地的热爱里继续坚持己见，他只能在执拗中纠结和悲伤，用三亩地坚守着，播种着他的田园之梦。

　　相比父亲，我明白了自己"田园之梦"的矫揉造作：在阳台上种一盆蒜苗，或者两株辣椒，都要在朋友圈晒一下，甚至恨不得邀约三五好友在家里搞一场采摘节。田园被微缩在花盆里，就像我们被困在城市的水泥楼群里。

4

即便如此，我还是无法忍受父亲种地的营生。尤其是这两天，西安高温天气，他安排母亲傍晚时候给苞谷苗打农药。在老家过暑假的孩子悄悄打电话告诉我，说爷爷倔强得很。我就给父亲打电话协商，说这么热的天，找一个无人机打农药不就行了，一亩地25块钱。但是父亲不干，非得让母亲亲自打药，说无人机打得不均匀，或者担心会碰到地头的电线。其实，我知道，他是舍不得一亩地25块钱的打药钱。我就责怪他："这么热的天，那你不怕我妈打农药中暑或者农药中毒呀？"无论怎么劝说，他都不依，孩子被爷爷气得要哭，我弟弟的电话干脆被他拒接。

父亲的执拗，让我们倍感无奈又无力。家里的现状就是如此，已经无法支撑3亩地的农事。我想，能否在农村设计一种制度，像我们这样的家庭情况，土地能否由集体代为管理，进行流转？或者是将原来分配给家庭成员的分散的土地重新进行划分，推动规模化耕种？甚至我想回去贴个小广告，凡是村人愿意种我们家土地的，不但免费流转，而且我每年可以每亩补贴200元。但是，我知道父亲绝对不会同意。

土地和庄稼，已然成为横在我们父子之间的一道屏障，让我心痛又不敢随意逾越。父亲用他的执拗，赢得自己的尊严，赢得对土地的侍弄和管理。土地，让他安稳，也让他走不出心结，难言割舍。

2022年7月

没有炊烟的故乡，
就像风筝断了线

1

炊烟袅袅。

每每念起这个成语，眼里就是一幅诗意盎然和烟火漫卷的图景：
在蓝天白云的正午时分，或是在夕阳西下的余晖里，村庄的上空开始
升腾起一缕缕炊烟。微风吹来，便是袅袅的样子，一会儿拧成了一股
绳，一会儿吹散成一团雾。相信要不了一会，村庄里喊自己家男人、
孩子吃饭的声音会此起彼伏。饭不见得是多好的饭，菜不见得是多好
的菜，但是家家大方，民风朴实，心有余温。

"暖暖远人村，依依墟里烟。"这便是陶渊明的田园之梦。
"驱烟寻涧户，卷雾出山楹。"这便是王勃的诗意山水。"饥望炊
烟眼欲穿，可人最是一青帘。"这便是杨万里的似水柔情。"碧穗

炊烟当树直，绿纹溪水趁桥湾。"这便是范成大的惬意人生。"山上层层桃李花，云间烟火是人家。"这便是刘禹锡的人间烟火……在炊烟里，寄托着历代中国文人对故乡、对亲人的思念，对身在江湖的叹息，对命运起伏的迷茫，对大好河山的眷恋。

炊烟是温暖的，炊烟是鲜活的，炊烟是灵动的。炊烟是母亲端上来的热腾腾的饭菜，炊烟是父亲粗糙的大手劈开的柴草。炊烟是远行时家人挥动的大手，炊烟是指引我回家的路标。

2

但在我从小的记忆里，炊烟却是黑乎乎的灶膛，是不会烧火的责怪，是让人出汗的火苗，是烟火熏出来的满面乌黑。最深刻的记忆，就是小时候村里经常停电，冬天傍晚五点之后，天色就暗淡下来。有一次，我借着灶膛里的火光看一本小说看得入迷，没有留意柴火掉出灶膛，差点把旁边的柴堆引燃。因此，在案板上擀面的母亲勃然大怒，将我的书丢进了灶膛。那一刻我不知道有多么心疼，赶忙将手伸进火塘里把书抽了出来，我的手也因此烫起了好几个水泡。吹灭火苗后的书已经残破不堪，但我仍舍不得扔掉，好在中间的精华部分还在。

对厨房、对灶膛、对柴草、对炊烟的记忆有着许多不堪，但是也有美好的一面。煮饭的时候，在灶膛里塞几个土豆或是红薯，或是刚刚掰下来的玉米，等熟了之后扒拉出来，狼吞虎咽地吃着。虽然吃得满嘴乌黑，但是那香甜的滋味一直香在如今的梦里。

离家多年，每每回去，看到村庄上空袅袅而起的炊烟，便心生温暖。炊烟就像风筝的线，无论我们走出多远，都会被远远地牵扯着；炊烟就像母亲子宫里的脐带，源源不断地为我们输送着生命的营养。

家里的厨房，从一个茅草房变成了砖瓦房，但是大大的案板、连锅灶都没有改变。能够盘连锅灶的乡村师傅越来越少。记得母亲找了很久才有一个老师傅来，在厨房里盘了一大一小两个锅连起来的连锅灶，灶的尾部竖着一根高高的伸出房顶的烟囱，炊烟便被烟囱吸出去，然后飘向天空，厨房里仍是干净整洁的样子。

早些时候，家里还有风箱，等灶膛里的火苗燃起来，便开始拉动旁边的风箱为灶膛的火送风，随着风箱抽动的节拍，火苗也忽高忽低。后来，乡村里会修风箱的师傅已经没有了踪影，修风箱的手艺和风箱一起没入了灰尘，厨房里响起的是鼓风机持续的蜂鸣声，再也没有那种有节拍地拉动风箱的韵律。

"火要空心，人要实心。"无论爷爷奶奶，还是父母，都曾告诉我这句话。在灶膛里点火的时候，一定要用干燥的玉米叶子、树叶等易燃物，支撑起一个空心的小柴堆，这样火苗才容易燃烧起来，才好给上面再架起一些干柴。但与点火不同的是，人要实心，对家人、对外人要实实在在。实心才是为人之道，道理简朴而铭刻于心。

3

最近两三年，家里盖了新房，厨房又经过改造，和城里的一模一样，有灶台、有洗碗池，很是方便。原来的连锅灶已经没有了，大多数时候用的都是天然气，一方面因为天然气用起来方便，也不用经常去外面捡柴火了，另一方面是地方对环保的要求，烧柴、烧煤形成的炊烟，被认为是空气的污染源。但我对炊烟仍是不舍，让母亲找师傅在后院盘了一个很洋气的"土灶"，只有蒸馒头或者家里人多的时候，用一口大锅烧柴做饭。闲不住的父亲，更是将此前家里大大小小的各种椽子呀、木板哪、烂家具呀锯成了长长短短的柴火，在后院码得整整齐齐。但是许久过去，柴堆还是那个柴堆，土灶很少再用，炊烟也不再升起，袅袅地在村庄上空盘旋的情景只能浮现在记忆里。

不仅是我的村庄，从南到北，从东到西，在我走过的许多城市边缘，许多偏僻的村庄，因为使用天然气的缘故，已经很难再看到炊烟。这是社会的进步，也是生活的富足。乡村正在大跨步地与城市同步而行，但是一些乡村只剩下老人、儿童，没有年轻人的活力，没有袅袅的炊烟，愈发显得乡村的冷清和零落。

在以前，谁家没有了炊烟，便是没有人生活气息的标志；而今，村庄没有了炊烟，就像风筝断了线，我们难以找回维系故乡的那一缕情感。或许，"留不下的城市，回不去的故乡"，只能让我们站在生活的十字路口张望、迷茫。"雨后千山净，炊烟处处新"，这样的图景只能描绘在中国的山水画里。

"又见炊烟升起/暮色罩大地/想问阵阵炊烟/你要去哪里……"邓丽君的这首《又见炊烟》在耳畔响起，令人不胜唏嘘。如今故乡已经不见炊烟，我们要去哪里？想起此前一篇高考作文《不见炊烟》，作者曾作出了这样的总结："炊烟的消失，是时代发展的必然。"这，就是最好的答案。

2022年7月

群像

阳光里的花儿盛开得繁华、灿烂，蜜蜂哥张振武站在帐篷旁边跟我们挥手道别，就像我们来时一样。时光匆匆，我们把未见的30年里的话题全部浓缩在蜂蜜里，是纯正、甘甜，溢满花香的味道。

"蜜蜂哥"张振武
——追花的人不懂浪漫

1

沿着老350国道蜿蜒而行，三月的川东春色盎然。一路上金黄的油菜花、雪白的杏花、粉色的樱花，让绵延起伏的丘陵地带鲜亮而生动。转过一个弯道，眼前的平坝上是大片大片油菜花田编织的纹路交错的地毯，村社就在其间勾画出一幅新农村的图景；或是路过一个小镇，正逢当地赶场，便有了穿着碎花长裙的女孩子与背着箩筐穿着羽绒服的老人交错而过。小镇闲适、祥和，在过往车辆的嘈杂和凌乱中，却默默遵循着某种质朴的秩序，使得沿国道而建的小镇难见拥堵而又生机勃勃。

终于，驶出350国道进入一条不知名的柏油小道，再在一个不知名的村落旁边的一处油菜花田里，看到了一顶草绿色的帐篷和帐篷旁边站着挥手的老同学——自称为"蜜蜂哥"的张振武。一路上，这样的放蜂人已经遇见了七八个。如果不是有精准的导航，估计到这里都得打听一天时间。

阳光灿烂，柔和温暖，让每一朵花的盛开都从容不迫。空气中弥漫着油菜花的香甜味，成群的蜜蜂来往于蜂箱和油菜花田之间，发出嗡嗡嗡的蜂鸣，让小山坳显得更加幽静。有几只小鸡跟随母鸡啄食地上死去的蜜蜂或是草叶，我们的到来并未改变它们在油菜花田间的闲庭信步。一问，这群鸡居然是张振武养的，而且从云南带过来，相当于跨省旅游，鸡也没有水土不服。

或许是三十年未见，或许是在异乡这么个偏僻的小村庄，在这么一个阳光灿烂的时分遇见他，张振武被太阳晒得黝黑而充满健康色的脸上，多少有些腼腆，甚至于当我举起手机给他拍照的时候，他的笑容都带着些许的不自然。

2

话题还是从酒打开吧，虽然张振武胃不怎么好很少喝酒，但还是说老同学来了，意思一下都要抿几口。菜是我和另外一个同学经过前面的小镇时临时买的一点卤菜，知道张振武一个大男人在外面放蜜蜂没有功夫做，而且陕西男人基本上也不会弄啥菜，就只能将就着吃了。

话题一下子就回到20世纪90年代初，感叹着我们确实是老了。

一席三人，难得都来自同一个小镇，因此也一起在小镇的唯一一所初中上学。那会张振武调皮，学不进去，大概到初二就失学出去打工了。至于后面如何，我们未曾谋面，也就不得而知了。

说到养蜜蜂，张振武回忆说那还是2003年"非典"的时候，在老家的一个工厂干活的他觉得收入太低了。那时，张振武已经成家，老丈人在当地也是养蜜蜂出身，得知那会老丈人一个月就能赚两三万块的时候，他彻底动心了——后来才知道真实的收入并非如此。首先反对他养蜂的是丈母娘，死活不让这个女婿跟着老丈人学养蜂，只有丈母娘知道养蜂人的辛苦与煎熬，这也是张振武在奔波几年之后的体会，因为老婆此后也开始了同样的抱怨。

于是，张振武带着蜜蜂天南海北、风餐露宿的日子开始了。"好在我们这种追赶花期的养蜂人，走到哪里气候都还不错。"张振武笑着说，"这么多年，我从来没有给老婆买过一朵花，啥叫浪漫咱也不懂，把挣的钱交给老婆就行了。虽然我一直是一个人在外奔波，辛苦是辛苦，但是老婆也是一个人在老家带两个娃，上有老下有小，也不容易呢。"说着，这个汉子的眼里满是对家人的愧疚。

张振武离开老家南下的时间，一般在12月初，因此基本上都会错过和家人一起过春节的时间。这个时候，他原有的200多箱蜜蜂（一般一卡车会装220—230个标准蜜蜂箱，每箱大概有2.5万—3万只蜜蜂），实际存量只有休整初期的四分之一。休整的时间，一般是在每年的8月底9月初，张振武会带着奔波大半年挣来的钱和200多箱蜜蜂回到老家，回到老婆孩子身边，休息三个多月时间。有些养蜂人一年到头几乎没有休息，辗转于全国各地，追逐不同地方的花期。

在这三个月时间里，蜜蜂是没有产出的，等它们吃完预留在蜂箱里的蜂蜜，就要开始自己花钱买花粉、白糖来喂蜜蜂了，因此一方面因考虑成本，另一方面因为北方冬天太冷，自然会淘汰大部分蜜蜂。但是张振武爱蜜蜂，这是他养家糊口的最亲密的伙伴哪，所以他总是尽量花钱多饲养存留一些。

喂养蜜蜂的时间一直会持续到他赶赴第一个花季，这一般都是在12月份的云南，有时也会在广西。但在路途和驻扎的期间也是没有产出的，因为这是蜜蜂的繁殖期，需要将刚刚过去的休整期损失的蜜蜂全部补充回来。

"买花粉、白糖，雇用大卡车，租人家的场地等，这些乱七八糟的成本也得五六万。"张振武苦笑着说，"好在没有收高速公路的过路费，光是这一年移动转场就要省好几万。"

等蜜蜂装满亏空的蜂箱，云南各地的花期（以油菜花为主）也基本上到尾声了，蜂蜜也开始有了效益，然后就开始养蜂人的北上之路。按照安排，他近几年都是和朋友一起进入四川，或是在内江，或是在南充、德阳的某个县的某个不知名村庄。养蜂场是提前联系好的，人家会在公路边上的某块油菜花田里预留出来一块平坝，好放蜂箱，搭帐篷。因为养蜂人一般是一个人，所以只能在当地雇一两个小工帮忙，工钱一般是一个人每天一两百不等。

"一个人干不下来了，不像年轻的时候，可以没白没黑地干，现在老腰都受不了。"一路北上，各种膏药已经成为张振武离不开的行李之一。

采集蜂蜜看似简单：将蜂箱里的蜂蜜板子抽出来，然后插进特制的蜂蜜滚筒里，再摇动外面的手把，通过离心力将蜂蜜甩出来，然后翻面再摇一次。摇完插回蜂箱，再换新的板子。每次只能摇两块，工序简单而又烦琐。简单是针对两三个人干而言，每人一道工序就可以在三四个小时干完全天的活路；烦琐是因为一个人干，所有的工序都得慢慢来，一个周期摇完200多箱蜂蜜，转回来又得开始第二个周期，几乎没有停歇的时候。在花期繁盛的15—20天时间里，这样摇蜂蜜的周期大概能够有3个，一个周期可以采集1.5吨左右的蜂蜜。

"摇下来的蜂蜜装进桶子里，有蜂蜜工厂的人定期来收，价格也就在一公斤十块钱左右。"张振武说，"看起来收入不错吧，但是除去花费的钱，一年能挣个十几万已经算是不错了，辛苦是辛苦，好在比打工挣得多一点。"

十多年前，十几万可以在阎良区上买套房子，如今首付都不够了。好在他当初下手早，还是买了一套城里的房子，至少可以留给儿子结婚用。家里俩儿子，一个即将成家，一个上初中，正是要花钱的时候。张振武说这个养蜂的营生也就只能这样干下去。但不管是老大还是老二，说起吃蜂蜜这么多年都没有吃腻过，说起养蜂接他的班，一个个都摇头说算了算了。

3

等四川的油菜花季结束，张振武就要收拾蜂箱和帐篷，到下一站——安康或者是汉中，有时候也回关中老家周边做短暂的停留，见见已经有四个月没见的老婆孩子。老家有油菜花也有洋槐花，蜂蜜的质量本来还是不错。但是洋槐树近几年越来越少，基本上被砍完了，酿不出纯正的洋槐花蜂蜜；种油菜的也越来越少，满眼望去都是在阳光里泛着白光的塑料大棚，大棚里多是甜瓜、葫芦瓜这些经济农作物。

再下一站就是往陕北方向，到铜川赶五倍子、枣花等为主的山花，到延安赶洋槐花，然后再继续北上，一直到内蒙古的固阳县，这里有荞麦花，小花朵盛开得五颜六色，在高原的阳光里一大片一大片连在一起。他曾经站在这里的荞麦花田里发出无限感慨，感叹着天地的辽阔，感叹着荞麦花盛开得如此朴素，感叹着这里的人生生不息。但是时间已经是接近9月份，花期很短，而且这里也待不久，高原的气候说变就变，天冷下来也就该收拾行李回老家休整休整了。

有时候张振武也会逛啊浪啊，走湖南、湖北、广西、江西一线南下，或是一路往西而行，一直到新疆。7月到8月，正是新疆的棉花盛开的时候，在广阔的棉花田里放蜂，收割真正的棉花糖。

"路途太遥远了，天地太宽了，开车疲倦得能开睡着，也能睡着开车。"张振武说，"几次差点遇险，让我心有余悸，再也未走过新疆一线。"

4

　　我们三个人一边谝闲传一边帮忙摇蜂蜜，看起来是轻省活，实际上摇了几箱下来我已经汗流浃背。老同学也没有客气，给我们一个人装了十小瓶蜂蜜，一个劲问够不够，还要继续装，说这是我们摇的原生态蜂蜜，没有加过水没有掺过白糖，有些假冒的蜂农连一只蜜蜂都没有，一年却卖几十万元的蜂蜜，都是靠造假来的。

　　"你看这蜂糖，结晶后多细腻，捏在手里揉一下没有残渣。"张振武说。这么多年养蜂，他造不来假，一个是良心上过不去，一个是顾不过来造假。每天摇完蜂箱里的蜂蜜，他唯一想干的事情就是躺在床上歇一会，或者和老婆孩子视频聊一会天。最忙的时候要忙到晚上十点以后，连饭都吃不上，抽空也就是下一碗挂面，放几片菜叶，煮两根腊肠凑合一下。

　　至于这里的花期结束，下一站去哪里，张振武还没有打算好。这会各地都有散发的疫情，去哪里都不方便，他原本计划回老家那边看来又得改变，可能会去重庆那边赶橘子花。

　　"人和蜜蜂一样，都是辛苦地过完一生。"和我同岁的张振武感叹说，"蜜蜂分公母，但是采蜜的工蜂都是母蜂，生命的周期实际上只有二十来天，从一出生就要干活带幼蜂，然后是采蜜，老了也要守护蜂巢。蜜蜂可以说是累死的，贡献了最甜蜜的食物，自己却几乎没有享受过。"

看看时间不早了，我们和老同学道别，怕耽误他干活，晚上又不知道要加班到几点。阳光里的油菜花盛开得繁华、灿烂，蜜蜂哥张振武站在帐篷旁边跟我们挥手道别，就像我们来时一样。时光匆匆，我们把未见的30年里的话题全部浓缩在蜂蜜里，是纯正、甘甜，溢满花香的味道。

2022年3月

金文书法的陕西冷娃

姜兰韬——热爱

1

"这小伙子实在得很。"说这话的是我大，我大给我介绍的这个小伙子，就是姜兰韬。

我眼前的小伙子，确实如同我爸说的一样"实在"：圆脸、敦实、厚道。如果不是鼻梁上的那副眼镜，以及眼睛里闪烁的光芒，他的行为举止会让人觉得眼前是一个粗人：喜欢没事把衣服撩起来，露出凸起的白肚皮；喜欢把裤腿挽起来而且只挽一只，像随时要下地干活的农民；一开口，就是一句"他能把我咋？他想咋？"这架势、这口气，完全就是一副陕西冷娃的典型形象。

但年轻的姜兰韬是个书法家，而且是个金文书法家，是来自我老家小镇上的书法家。武屯镇，秦孝公时期为国都，古称栎阳。如同渭河冲积平原的黄土一般，这里的文化积淀依然厚重，可谓人杰地灵，文人辈出——作为在外地工作的游子，很多时候喜欢向外地人如此夸耀自己的故乡，顺便也夸耀一下自己。

2

姜兰韬实在，首先是做人实在。无论是他来成都出差还是我回老家，都可以看到他随时堆满憨厚笑容的一张圆脸。"哥你给我帮个忙。""哥老家有啥事需要帮忙就给我说。"其实他要我帮的也不是多大个忙，我老家也没有多大的忙需要他帮，但是姜兰韬一如既往地热情，空了就去看一下我大，谝一下；我需要一幅书法作品送朋友托人情，姜兰韬也会义不容辞地给我写了邮寄到家。有时候也会在各自的城市接待一下对方介绍的朋友，我们都尽心尽力。"你是我党哥介绍的呀。""你是我兄弟姜兰韬介绍的呀。"这是我们互相的认可，也是互相的支持与鼓励。

姜兰韬的实在还体现在热心公益事业。他的工作室居然设立在一家名为德瑞的敬老院里，让我惊诧不已：这么大个小伙子，咋一天和老头老太太打交道呀？他带着我进了敬老院，我才知道姜兰韬的人缘之好，来来往往的老头老太太都亲热地打招呼，喊着小姜帮弄个这，帮弄个那，实在没事了就关心小姜的个人问题："啥时候给婆拿个喜糖啊，你看婆都快没有牙了，再不吃就来不及了。"小姜对此都是报以招牌式的憨厚笑容，耐心地一一作答。不仅如此，小姜还在一些市区的公益组织挂着闲职，或者用他所在的西安市现代书画研究会的名义，经常搞一些慈善活动啊，募捐呀，送书法下乡进基层啊，热闹的同时也帮助了不少人。

真正认识姜兰韬的实在，还得从他的书法作品说起。小姜曾经毫不讳言地给我说，以前他也是做过生意日过闲干，结果啥都没成，浪费了很多年轻的岁月。后来师从书法家雷长安和赵明浩老先生，习写金文，才终于找到了人生的志趣和方向。说到两位老师，我也因为姜兰韬的原因得以结识。雷长安老师是陕西书画界的名人，楷草篆隶行样样精通；赵明浩老师则是富平县里一个普通的农村老人，八十有余，写得一手大篆，让书法界一些大家也为之赞叹不已。

3

据资料，金文是指铸造在商周青铜器上的铭文，也叫钟鼎文。商周是青铜器的时代，青铜器的礼器以鼎为代表，乐器以钟为代表，"钟鼎"就成为青铜器的代名词。金文逐渐演变为中国古汉字一种书体的名称，专指商、西周、春秋、战国时期铜器上的铭文。

一般来说，金文因为年代久远且字体复杂，很少有人书写。金文的字数，据容庚《金文编》的记载，共计3722个，其中可以识别的字有2420个。我偶尔认识的能写金文的书法家，要么是那种白发苍苍的老者，要么能写的字数不多，也就几百千把个常用字。

没有想到的是姜兰韬的金文书法，已经到了炉火纯青的地步。他的笔力苍劲，同时挥洒自如；字体古朴，同时变化多端。因为书法知识有限，我感觉找不到更好、更专业的词汇来形容他的作品，尤其是大多数字词都不认识，只能从间架结构和布局、书写笔锋去感触他的作品，感触他对书法的执着追求和梦想。

金文上承甲骨文，下启秦代小篆，破解金文的价值是无法用金钱衡量的，但是困难且充满挑战，需要时间和耐心。为此，姜兰韬用两年时间学习、考察、论证，已用金文完成了两篇经典之作《兰亭序》《千字文》。他常常因为从古籍或者钟鼎之上破解一个金文字词而兴奋不已，甚至有些骄傲。有一次带姜兰韬去四川的大凉山采风，他发现大凉山彝族的文字与金文有着许多相通之处，为此与当地的彝文书法家不厌其烦地探讨。可见，在金文研习方面，姜兰韬有着不一样的陕西冷娃的执拗劲。后来查资料，才发现有学者认为彝族文字是汉字原始雏形。

在姜兰韬的工作室，除了练习书法的案几，就是写了一摞一摞的书法作品。很多人说，就是写个字嘛，多练一下就行。可是写字得投入呀，首先是时间，你得每天都练习一下，否则感觉手生；其次是毛笔呀墨水呀，尤其是纸张，这些不是一般的投入，好点的纸张一刀下来也得几百上千元。每天都得写，写了大多数又不满意，只好揉了再写。但小姜脸皮薄，有朋友来了夸几句写得好呀，临走就卷起来顺走一幅字。其实姜兰韬没有言说，他的柜子里堆满了各种收藏证书和获奖证书，有些含金量不是一般的高。于是，小姜的这些荣誉，甚至不为外人所知。

4

"哥，你有空就回来谝呀！"姜兰韬只要给我打电话，就说他最近收藏了几瓶年代久远的好酒，或是得了哪个书法家的作品意欲转赠于我。实在让我感动之余又惶恐不已：吃人嘴软拿人手短，小姜要是喊我帮忙，我帮不了可咋办哪？但是小姜没有让我帮过"大忙"，而"小忙"也几乎可以忽略不计。

"幸福是奋斗出来的"，看着挂在书房里小姜赠送的金文墨宝，我很得意老家有这么个书法家小兄弟。姜兰韬还在书法的道路上不断奋斗，一笔一画，撰写出来的是一个陕西冷娃的梦想。

2022年2月

冉学东——在故乡土地里「刨食」的作家

1

脸大，嘴阔，唇厚，眼睛却小。眼睛小，是因为脸上肉多，但是聚光，说到高兴处，说到精彩处，说到某个故事情节的动人处，就会看到他的眼里光芒四射。落于笔墨，如同谝闲传一般不紧不慢，文章朴实且打动人心。

这就是我的乡党、作家冉学东给我的印象，画不来素描，只能用这简单的线条勾勒，粗糙但是有亲切感，就像我每次回到老家，随时可以坐在他工作室里和他闲谝。谝的内容很多，从国际形势到国内动态，从文坛动向到明星八卦，从老家政府领导的风吹草动，到小镇上的风土人情，乃至于东家长西家短，农村打锤闹架的事情。总之，"上至天文地理，下至生理卫生"都是谈资。谝完了，茶淡了，或是就此作别或是到镇上咥（吃）一碗羊肉泡馍，咥得酣畅淋漓，谝得热火朝天。

其实，作为关中地区乡土文学代表的学东哥比我年长，论创作成果，他已经是硕果累累，先后出版了长篇小说《关山刀客》《老关山》《大荆塬》《谷风》等，还有散文集《渭北文化痕》《荆山笔记》等若干。这让我常常感觉汗颜，觉得他把老家可以写的写完了，可以谝的谝完了，他都还在弓着身子，就像一只披着华丽羽冠的公鸡，抖擞着精神，在老家"关山"这块土地上不停地刨食。文章一篇篇地写，著作一本本地出，就连村里不认识字的婆娘都会感叹：咦，学东咋这么能写呀，这世上的字咋就写不完呀？

2

字写不完，是因为脚下这片土地。关山，并非诗歌里"万里赴戎机，关山度若飞"的关山，也并非"行云冉冉度关山""云州多警急，雪夜度关山"的关山。我们的关山，只是渭河冲积平原上一个普普通通的小镇，民风淳朴却不乏刚烈，偏于一隅却不显闭塞。自从明万历五年（1577年）关山镇设镇以来，便一直是渭北重镇。又因关山与蒲（城）、富（平）、临（潼）、渭（南）毗邻，就有了"雄鸡一鸣四县闻"的说法。也正是因此，关山的商贸很是发达，周边民众逢场赶会，既带来了天南海北的物产，也带来了东南西北的风俗。

人稠的地方就有江湖，江湖成为一个地方书写不完的隐秘历史。关山镇人崇文，早在清代和民国就先后建立了著名的"渭北书院""四维中学"；关山镇人尚武，习武者众多且行侠仗义。于是，就有了关山刀客，就有了口口相传的刀客故事，就有了沉甸甸的各色记忆，就有了冉学东挖掘和书写不完的题材。

"我的祖祖辈辈都生活在渭北平原这块厚重而神奇的土地上，正是这块物华天宝的关中腹地，一代又一代的关中汉子演绎了一幕又一幕感人肺腑的故事。"在长篇小说《大荆塬》的后记里，冉学东如此描述。

3

但写作是个艰难、痛苦的事情，选择文学这个路子更是一种煎熬和磨炼，尤其是对于冉学东而言。冉学东的父亲虽然是中学教师，但是并未能把儿子培养成大学生，这或许是老人的一生憾事，但是他未承想无心插柳，家里却出了个作家儿子。从小热爱文学的冉学东，在中学毕业后就选择摆摊卖书，书是读了不少，但是钱没有挣到。后来又开茶叶店，但是店里一天到晚坐的是文朋诗友，茶一罐一罐地喝，媳妇也就多了一份抱怨和数落。作家也得吃饭哪，也得有个营生养活家人哪，困窘是困窘了点，"但是咱弄不了投机倒把的事嘛！"

于是，冉学东坚持下来的只有写作，赢得声誉的同时，也赢得了妒忌甚至诋毁，就像收获麦子的同时也收获稗子。我说："你又不是人民币，怎么能求得人见人爱？"关山镇地方小，我们所在的城市地方小，写多了就有人喜欢对号入座，有时候让冉学东在写作时不得不三思而行，甚至畏首畏尾。艺术来源于生活而高于生活，对不懂文学的人是解释不通的，冉学东虽然有着自己创作领域的局限性，但他不是缺乏勇敢，而是富有情怀，不愿让乡邻、朋友、领导因此而难堪，"世事就这么大点，都要活人呢，咱不能把人路堵了"。

于是，冉学东需要自己给自己开路。长篇小说《老关山》《大荆塬》《关山刀客》便是对关山镇历史的挖掘，对红色记忆的挖掘，对风土人情的挖掘。然后展现给读者一个在军阀混战、革命潮涌、风云变幻的时期，关山小镇被裹挟进历史潮流的种种传奇故事。在这些宏大叙事背景下，上演着那些刀客、文人、农民、土匪等各种小人物乃至于名人、政要的命运走向，每一个生命都展现得鲜活而生动。这是冉学东对故乡这片土地的凝视、深耕和守望，让我阅读到了故乡这块土地上厚重的传奇，为故乡的地域文化打上了一层亮丽的色彩。

印象最深的，还是阅读冉学东多年前写的一篇散文《闲谝狗撵兔》，对渭北地区民俗"狗撵兔"活动的速写，在冉学东的笔下显得生动活泼，很是精彩，让人如目见耳闻一般，如同观赏一部微缩版的《动物世界》。对民风民俗的透彻观察和研究，正是冉学东小说里的底色，并融入和渗透到他的文字内层结构之中。比如《一个渭北农人的记忆》《打胡基》《匠人》《小镇闲人》等系列散文，既是碎片化的书写，也是系统化的记忆。

冉学东一直试图寻求突破，直到《谷风》《白驹》等一本本长篇小说从关山镇邮寄到我在成都的书桌上。这些小说都是以改革开放为背景，以农村的小人物包括乡村教师、乡村干部、支渠管理员等跌宕起伏的命运为主线，写出了乡土社会的世俗人情，写出了新一代农民的精神追求，文字一如冉学东的形象——朴实无华，从字里行间可以闻到故乡田野夹杂着汗水、肥料、麦苗疯长、甜瓜收获、鸡鸣狗叫的春风。但是我也看到，这些创新和尝试的背后，冉学东在小说里的叙事还缺乏戏剧化的矛盾冲突，缺乏语言的精炼和锤打，缺乏一个更为广阔的视野。在生养自己的土地上刨食，既是他的长处也是短处，雄鸡没有鹰隼的翅膀，但忠于守护自己的家园，忠于司晨的使命，用鸣唱唤醒白昼，用文学温润故乡的风土。

4

冉学东现在是老家区级作协的主席，但他的底色仍是农民。在他的创作谈里，他以种庄稼的心态表达创作的心得："我理解写作就像种地，庄稼好不好，就看自己应心不应心。首先，自己要将写作放在战略位置，孕育这部小说的过程，就好比种一茬小麦一样。最初，选择麦种，就是小说立意过程。而写作期，其实也就是小麦播种期，小麦播种进地之后，吐出嫩芽，经过施肥，打药除草；接着，经过一个漫长冬季，几茬水灌溉之后，小麦扬花，过了小满，小麦开始泛黄；再过后，庄稼人搭镰收麦，又经过碾场晾晒最终入仓。这就是作者完成写作要经历的一个比较长的周期，反复修改，反复打磨的一个过程。"

我也常常想回老家写一本充满乡土风情的小说或是散文，但是如今的我距离老家有八百公里，有着20多年来在成都这座城市生活的底色。对陕西话作为母语的表达方式，对乡村人情世故的了解，对现时风俗乡规的理解，我还有着心理上和写作上的距离。好在有冉学东，写了那么多我所渴望的东西，让我在异乡用阅读的方式，一次次贴近生我养我的土地。

2022年4月

「95后」小涛：我在成都「一波三折」的奋斗史

1

作为请客的主人，小涛是最后一个来的。"三位大哥，加了一会班，实在不好意思。"小涛一边给我们表示歉意，一边卸下他身后背着的沉沉的黑色电脑包。"等会儿结束了还要继续回家加班，"小涛尴尬地笑着说，"你们先烫菜，我憋不住了去个厕所。"

小涛的这一点我很喜欢，虽然我们年龄差距还是比较大，但是我喜欢把他当小兄弟看待，懂礼貌，会来事，手脚勤，有眼色。相比我接触的其他"95后"小孩而言，我认为小涛真的已经不错了。

我们已经提前点了一些烫火锅的菜，包括必选的千层肚、黄喉、麻辣牛肉、香菜丸子，以及豆腐皮、莲藕、火锅粉等素菜。刚刚入夜的成都，此刻是烟火正旺的时候，火锅店里已经是人声鼎沸，一片喧嚣。我们感慨地说啥子是幸福，这个就是幸福，想吃火锅就吃火锅，想和哪个兄弟伙摆就和哪个摆，想看哪个"粉子"（对成都美女的俗称）就看哪个"粉子"——初夏的美女们，正是处于盛开的繁华季节。感觉街上的大长腿越来越多，好像出门都经过"美颜"一样。经济学上有个裙摆理论，就是经济景气指数不好的时候，女孩子的裙子会加长。反之，裙子会随着经济走好而越来越短。但是在成都，经济学理论却失灵了，我认为裙子的长短和天气相关，和这座城市的时尚指数相关。

与经济景气指数成正比的有工资，如今每个人都是深有体会。"但是我没有想到的是，经济景气指数与工作繁忙程度居然成了反比。"小涛接过话头说，"到这个新集团公司虽然才3个月，但是我没有想到会如此繁忙，还要被主管领导、被大老板骂。有时候是劈头盖脸的，你不知道多难受。"作为"95后"的小涛，已经非常注重自己的尊严，但是没有办法，现在这个情况，有一份收入还不错的工作，已经是非常满意的事情了。

几个人举了一下杯子，小涛汇报了一个好消息，他之前购买的某个房地产开发商开发的项目已经正式复工了。我说你看这是多么美好的事情，有一份收入不错的工作，有一个即将交付的房子，如果再有一份爱情那就完美了。

2

　　小涛来自川东的一个小县城，大学是在外省读的书，学的新闻传播。大学毕业后，小涛选择回到成都，成为一个"蓉漂"。成都给"蓉漂"们起了一个腻歪的名字：蓉宝。我就是其中之一，在成都漂了20多年，现在是胡子拉碴、头光油亮、满脸沧桑的"蓉宝"。

　　那几年成都的报业已经是苟延残喘，能否活下去就是最大的考验，这让我无比怀念多年前成都媒体圈的荣光和美好。其他的各类新媒体已经如雨后春笋般茂盛甚至疯狂向上生长，将传统报业直接碾压为脚下的"灌木丛"，甚至就是小草。但理想主义的小涛还是选择了在成都一家传统报纸当记者，颇有神圣感。

　　小涛跑的口子是房地产，那会我在一次会议上认识了小涛，他主动过来加我微信，一口一个前辈，弄得我跟一个老大爷似的，我强烈要求他喊哥就行了。随后小涛会隔三岔五地向我请教各种问题，我也就给他介绍一些熟识的朋友。小涛很是领情，每次喝茶都会抢着买单，弄得我很不好意思，毕竟人家是一个毕业没有多久的孩子。

　　一年之后，小涛还是离开了媒体，开始自己的转型之路。这让我很是为他高兴，说你终于主动跳出了火坑，那会不仅传统报业江河日下，房地产也江河日下。问了小涛的去向，他居然去了一家大型房地产公司做宣传策划，这又让我大跌眼镜，但我相信凭借小涛的聪明和会来事，他以后肯定会混得好。

半年之后，我接到了小涛的邀请，原来他所在房地产公司建设的主题公园正式开园，项目很是宏大，公园里有几个小的主题乐园，甚至包括冰雪项目。按照测算的旅游人次，一年可以达1000万人次以上，成都总人口才大约2100万。原来小涛这么厉害，攀了个高枝，而且成为甲方。

那时候，小涛的生活充满了激情，很是澎湃。有一次他高兴地给我说他耍了个女朋友，是做新媒体的，让我看照片，姑娘苗条白皙，很是文静。多好的一对，我当初和小涛一样大的时候，还在发愁找工作，甚至有时候吃了上顿没下顿，靠同学、朋友接济，也不好意思跟父母开口。

小涛说："只要努力，就能够活出个人样来。我相信，这世间的一切美好，都是留给愿意努力和奋斗的人。"

3

虽然国内的疫情已经逐渐平稳，但是小涛所在公司的主题公园并未迎来如潮的游客，有时候甚至门可罗雀，遇到一些散发的疫情，甚至还要暂时关门一段时间。

小涛很是无奈：公司开始降薪，关键是他所在部门的营销费用被砍了一大块，还要他做好宣传工作，有点"既要羊挤奶又不给羊吃草"的感觉。在主题公园开园不到半年后，小涛离开了这个投入了一年多没日没夜工作的项目。

那时候，小涛给我电话说了自己的困惑和压力，尤其是购买的那家大型房地产开发商开发的房子居然停工了。小涛说自己这几年攒了一点，加上家里支持的，勉强付了首付，好在总价不高，首付不到30万元。因此他询问我是否有好的工作机会可以介绍，或者他是否还值得回媒体，毕竟资源多。我给他建议坚决不要回媒体工作了，或许是因为我在这行干得太久了有些麻木吧。当然，我也很遗憾没有好的工作机会介绍给小涛。

小涛再联系我，原来是去了一家做区块链的公司，还是负责宣传策划，工资比以前涨了一些，让我帮忙介绍一些财经媒体的记者认识，说是公司正在考虑上市，他要做好"财关"工作。我继续说小兄弟厉害得很嘛，转型很成功。

但半年之后，小涛的老板和几个高管便因为以区块链概念操作金融产品而受到调查，公司也在一夜间被封。这个消息还是从同行那里听到的，小涛可能不好意思告诉我。"区块链+金融"，这两个关键词就让我想起前几年火爆的P2P，都是忽悠人的，让许多人的投资血本无归。

约了小涛喝酒，一摆才知道小涛如今是"一把辛酸泪"：工资还有三个月没有领到，员工正在维权，调查组也还没有给个结果。更惨的是，女朋友离他而去，说是两人性格不合。最惨的是，买的房子停工了，一帮业主整天到处维权，他也是骨干力量，因为他当过记者，熟悉房地产的套路，熟悉如何投诉。但是他又担心被打击报复，不敢出头，属于幕后策划。

"咹个办呢？"小涛虽然内心满是抱怨，但是精神很好，人也乐观，眼睛里总是泛着光芒，这是我从"95后"那里看到的不一样的亮色。

4

事情的转机，从今年春节前的一次烧香开始。

小涛说他出去散心，和朋友开车到一个山脚下，抬眼看到半山腰有一座庙子，想着是不是上去拜拜。逢庙必拜，这是中国人的习惯。其实我们拜的是一份心安。我说你还信这个，小涛说不是信不信的问题，而是缘分，缘分到了。

缘分到了不是新的女朋友来了，而是小涛在春节后就获得了一份成都某大型农业集团的职位。这家集团很大，旗下有各种产业板块。成都大约有2100万人，而我刚好认识小涛所在这家集团的一些主管，但是我不能明着找他们夸耀小涛，更不能拍着小涛的肩膀给他领导说，这是我兄弟伙哈，以后多照顾着。这么说的结果，可能是小涛的工作都要戳脱（丢掉）了。

边吃火锅边摆龙门阵，我们几个商量说最好找个不经意的节点或者场合，给小涛的领导顺口提一句"小涛这娃儿实在"，可能就足够了。

小涛入职已有三个月，这三个月里忙得一塌糊涂。这超乎小涛的想象，以为这个大集团里各种分工明确，自己干好自己那份工作就行。实际不然，集团作为民营企业，权力非常集中，各种分公司、子孙公司的业务都要上报到集团里，有些领域小涛没有接触过，更谈不上熟悉，因此开始也吃力。好在小涛学习能力强，最近已经熟悉了集团的各种流程，工作起来也有条不紊。

"早上八点要打卡，迟到涉及的不仅是工资的问题，而且涉及年终绩效奖。"作为媒体人，我们已经习惯了散漫的生活方式，显然小涛的抱怨于我们而言也难感同身受，但家有家规，这么大个集团肯定有自己严格的管理方式。

但下班几乎没有准时过，加班是家常便饭，主要是没有加班费。我开玩笑说："你从'996'的工作模式跌入了'8127'，也就是早上八点上班，晚上十二点下班，一周工作七天。"玩笑是玩笑，一份稳定且收入不错的工作，真的值得珍惜。

得知小涛买的恒大的房子复工了，大家举杯祝贺。

出门时沿街的各种烧烤摊、串串香、火锅店、小龙虾店正是热闹之时。成都的烟火就是如此，让人感觉温暖而又生机盎然，一切都是向上生长的样子，让人沉醉、着迷，不能自拔。

小涛背着电脑包，和我们挥手作别，满是激情地说回去加班，然后消失在街道拐角。在那里，一树的三角梅盛开得正繁盛，在灯光里就像燃烧的红色瀑布，流淌在夜色之中。

2022年5月

许君豪——从可米小子到牙医的舞台转换

1

"给你我的心作纪念，这份爱，任何时刻打开都新鲜，有我陪伴，多苦都变成甜，睁开眼就看见永远。给我你的心作纪念，我的梦，有你祝福才能够完全，风浪再大，我也会勇往直前，我们的爱，镶在青春的纪念册。"

——《青春纪念册》

"如果每天接诊超过二十个病患，我大概需要躺个差不多两天。所以一般来讲，我每天大概接诊十到十五个病患就很不错了。"对于牙医许君豪来说，他现在最大的舞台就是眼前的这张病床，他需要做的就是尽量让患者感到不痛苦，所以会在动作或者技术上做很多的努力。而常年的牙医工作，已经让他自己颈椎和腰椎的问题越来越多。

"80后"的许君豪，曾是台湾乐手组合"可米小子"的成员。在2002年，出道即巅峰的他们，用一首《青春纪念册》让无数的毕业生度过了美好的青春。在2003年，因为彩排中的一次摔跤，许君豪告别了短暂的艺人生涯。如今，他在成都的身份，只是一个牙科诊所的老板和一名普通的牙医。

第一次听这首《青春纪念册》，已经是在20年前。那时候毕业不久的我迷茫不堪，甚至一度陷入了困窘之中。"风浪再大，我也会勇往直前。"因此我对这首歌记忆深刻。后来可米小子的解散已经不再是我关心的话题，直到在成都遇见许君豪，我回想起20年前的青春岁月，才发现许多许多的往事就夹在青春的纪念册里，历久弥新。由于他太忙，我们只能在微信里有一句没一句地聊天。

不一样的舞台，不一样的人生。对于许君豪来说，《青春纪念册》是他人生中早就翻过去的那一页，曾经流光溢彩的舞台，曾经狂热呐喊的粉丝，已经渐渐远去。

"人生需历练需考验，放下抱怨，转化能量，眼看前方，终会到达，愿一生学习，谦卑前行。"有一次，许君豪在参加央视《朗读者》栏目时，他对自己的过去和未来做了如此清晰的表达。

2

可米小子在2002年横空出世，当时的成员包括王传一、曾少宗、申东靖、张庭伟以及安钧璨和许君豪。虽然是新出道，但是作为当年红极一时的F4的师弟团，他们的专辑备受关注，尤其是《青春纪念册》一经传唱就火遍大江南北。在2002年底，作为F4香港红磡演唱会的嘉宾，可米小子被台湾媒体报道称"希望借此迈向国际舞台"。

但是天未遂人愿。2003年初，队长许君豪准备《综艺大哥大》春节特别节目，在练习后空翻的动作时，不幸头颅着地，上颌骨严重摔伤，前牙断裂，嘴唇撕伤。医生告诉他至少需要休息一年。那时，许君豪已经24岁了，一年的养伤将导致可米小子长期处于六缺一的状态，或许将会被粉丝遗忘。

许君豪说，摔了之后他有很多的心境转折，每次说到这个，感觉是要把自己的伤口再一次打开给人看。"有时候摔一跤，不是说就跌入谷底，它是给你时间，让你静一静，让你去思考。人生不会全是往上的，我想是时候走出舒适圈了。"当年面对媒体的采访，他这样说。

"但是现在，我是用平常心去看这一段，因为这是我的寻宝故事，也是我的经历，借由这个经历可以让别人看得到我，我也觉得蛮开心的。"如今，许君豪对于曾经的歌手经历已经淡然了许多。

在可米小子解散后的一段时间里，几位队员也曾经努力地想找回昔日的荣光，但是娱乐圈总是很残酷，能快速地成就他们，也能快速地抛弃他们，尤其是几个人的未来让人唏嘘不已。

2012年10月19日，成员申东靖被曝出脑中有血块，需开刀清除，他在基隆长庚医院的加护病房进行插管治疗，当日下午5点多，申东靖被拔管并送回新北市瑞芳区的奶奶家，在家中病逝，年仅29岁。

2015年6月1日凌晨，成员安钧璨因肝癌病逝，年仅32岁。

工作的停滞，让许君豪重新思考了未来的方向，开口腔诊所的父亲鼓励他重新考医学院。"决定继续读书的过程很难，难在自己想清楚。"最终，许君豪决定退出娱乐圈，参加港澳台联考。2004年，他被四川大学华西口腔医学院录取。

所以，当我们面对人生的转折之时，会选择哪一条路，会创造出什么样的可能？态度决定命运，过去再过光彩都无法迷恋，未来再过艰难都要勇往直前，道路是自己走出来的。

3

"当时没人相信我会成为一名专业的牙医。"许君豪笑着说。他最终背起行囊，毅然地来到了成都。

这一度让我想起自己曾经的青春。那时候大学毕业不久，到处碰壁，从成都到呼和浩特到西安到北京再回到成都，一路坎坷，一路折腾，一路不如意。但相对比我还小两岁的许君豪，显然我所经历的都不算什么。从绚丽的舞台中央，"跌落"到一个牙科专业课堂，内心该是什么样的挣扎、不甘、无奈。当然，许君豪今天已经没有时间、没有心情再去回顾当初的内心世界，他所想的就是如何成为一名合格的牙医。

"我20岁的时候，我想我的青春在所有人看来是光鲜亮丽的。当我选择重新从一个学生做起时，我很开心，把之后的青春都留在了成都，人生难得有这样的际遇。"后来，许君豪在接受媒体采访时说。

在成都华西坝的7年里，他"躲了起来"，不谈以前的经历，只想完成学业。2011年，许君豪顺利毕业，继续去德国攻读口腔硕士。2015年，他考取了执业医师资格，选择回成都创业。

"我为什么选择在成都创业？或者我看到了什么？为什么不留在台湾呢？或者说其他的城市呢？"许君豪给自己提了一连串的问题。他说："第一，我在这里读过书，我了解这座城市的运作，了解这座城市的氛围；第二，成都是西部的新一线城市，人口已经达到两千万级别；第三，还有各种创业政策上的支持；第四，成都人民的生活水平逐渐提高，对牙医的需求度也在增加。基于这些原因，我觉得我可以在这边闯闯看。"

"如果我在演艺圈没有摔那一跤，就不会把自己摔到成都这个城市，从海的另外一边摔到海的这一边。"许君豪的台湾腔里已经夹杂着成都的味道。

4

创业路上总有曲折。

一开始患者只是来许君豪的诊所洗牙，而且很长时间内患者数量较少，他的成本压力很大。总结反思后，他发现问题出在沟通。"比如补牙，成都人的意思是缺了牙要补，我的理解却是补龋齿。"之后许君豪站在患者的角度想问题，更加接地气，慢慢建立了良好的医患关系。

在许君豪的诊所里，护士、前台都是年轻人，跟着他创业至今。他们中的大多数英语很好，可以和外籍患者直接沟通，这成为这间牙科诊所的核心竞争力。许君豪的想法就是将这间诊所升级为门诊，能够招聘更多的护士，做一些落地的培训。如今，诊所已经采取国际标准称呼医疗器械、制定医疗方案等，外籍患者超过了四成。

"你在这里做事，有人重视你，有人关心你，会让你想要更加努力在这个地方扎根。"许君豪说，"父母也曾从台北来成都，参观了诊所后很久不愿离开。他们觉得我的选择是对的，我也常跟爸妈讲，我并没有离开家乡，其实就是从一个家回到另一个家。"

许君豪用包容性和多元化来概括成都这座城市的精神气质。

"在这座城市里，只要你真的努力，别人就会看得到。"许君豪说，"能够在成都创业而且能够稳定地发展，我觉得很幸福。"

已过不惑之年的许君豪，帅气依然，更多了一份耐心、儒雅和从容。

2022年7月

唐蕾——小酒馆里的「地下摇滚教母」

1

你会挽着我的衣袖

我会把手揣进裤兜

走到玉林路的尽头

坐在小酒馆的门口

…………

　　在2017年的2月，参加湖南卫视《歌手》栏目的赵雷，以这一首《成都》成功突围，因此受到了更为广泛的关注。随着《成都》的爆红，玉林路的小酒馆成了这个城市的网红打卡地，每天傍晚时分，小街就熙来攘往，小酒馆门口的热闹一直要持续到午夜时分。

很多人说，赵雷的一首《成都》成就了小酒馆。其实不然，真正成就赵雷的是小酒馆，是小酒馆的老板——被崔健尊敬地称呼为"地下摇滚教母"的唐蕾唐大姐。

1997年，唐蕾在玉林路上开了这间小酒馆。那时，出生于1986年的赵雷才11岁。2003年，17岁的赵雷背着吉他，或穿梭或停留在北京的地下通道，开始了当"地下歌手"的日子。后来，放弃上大学的赵雷选择了去拉萨流浪，据说那时候他的日子很苦，后来的那首《阿刁》也许就是他曾经生活的写照。他在这首歌里如此写道："阿刁，明天是否能吃顿饱饭/你已习惯，饥饿是一种信仰。"

2007年，赵雷从拉萨来到成都，有一次他的钱包在酒吧里被偷。当窘迫的赵雷出现在小酒馆的时候，是唐蕾收留了他，并让他担任小酒馆的驻唱歌手，而且开出了比其他人都高的演出费。所以，小酒馆是赵雷的福地，也是他的起点，他和小酒馆是相互成就的。当然，我未能从唐大姐那里求证，权且当作一点谈资。

那时候的小酒馆已经声名鹊起，每天来自全国各地的艺术家、音乐人、作家们都会在小酒馆小酌一杯；那时候，在小酒馆可以放歌，或是谈理想、谈人生，谈与金钱无关的东西。很多年轻的音乐人，尤其是那些摇滚组合，包括"子曰""二手玫瑰""木马""舌头""新裤子"等，以及国外的一些小乐队，都喜欢在小酒馆演出。如今，那些乐队组合要么早已散伙，要么已经老去，但他们曾经在小酒馆里演唱过他们激昂的青春。

2

想起我年轻的时候，常常和朋友们在夜幕之中，穿梭于培根路、九眼桥一带的酒吧一条街，出没于井介酒吧、小酒馆、白夜酒吧、马丘比丘酒吧，喝高了就高声地朗诵诗歌，肆意地打望"粉子"。那是激情的荷尔蒙，那是梦想的多巴胺，那是无处安放的青春。

想起前段时间从宽窄巷子撤离到玉林路的白夜酒吧，心里既是伤感也是庆幸。偌大的宽窄巷子容不下一所白夜酒吧，白夜酒吧这样的文化IP也无法在宽窄巷子的商业土壤里生长。好在诗人翟永明并没有让白夜酒吧就此离去，还好玉林或者肖家河或者某个偏僻的巷子，能够让白夜活着，就像回到从前，日子很慢，我们可以安静地小酌一杯或者分享一首诗歌，"我们只是并肩策马，走几十里地/当耳环叮当作响，你微微一笑/低头间，我们又走了几十里地"（翟永明诗歌《在古代》）。

生活忙碌而苍白，现在我已经很少再去白夜酒吧，很少再去小酒馆感慨过去的光阴，不过心里留一份怀念也总是美好的。偶尔翻到我在2009年7月写的文章《摇滚江湖有"教母" 小酒馆里朋友多》，很是唏嘘。2009年的赵雷，推出了个人民谣单曲《北京的冬天》，收录于民谣合辑《速写穿乐》中；同年，他创办反拍音乐工作室。2009年的夏天仍是火热，我坐在小酒馆里，和"地下摇滚教母"唐蕾唐大姐开展了一场轻松的对话，那时她从未想过小酒馆后来会因为一首《成都》而如此喧哗，成为成都的网红打卡地。好在，音乐还在，摇滚还在，虽然我们已经不再年轻。

2022年7月

刚入夜的成都多少有些闷热，门外的车水马龙，持续着这个城市白日繁华的喧嚣。

在成都城南的这家叫"小酒馆"的小酒馆里，台上的重金属乐器此刻显得宁静，棕色的木器滤去都市的浮躁，慵懒的音乐淌过夏夜的清凉，幽幽的烛光告诉你，小酒馆上客的时间还没有到。

一袭黑裙，细窄发箍，装束简单柔和——唐蕾，这个20世纪90年代初从德国卡塞尔艺术学院学习归来的女子，在1997年投资了这家小酒馆。现在的她已经是国内外无数摇滚青年到成都必将投奔的"地下摇滚教母"，小酒馆也成为音乐的"圣地"。

十二年一个轮回，小酒馆以她的感性宽容让更多的人聚集在这里，乐手、诗人、画家、摄影师、学生……都可以到小酒馆坐坐，感受音乐的激情，这里已成为成都夜生活的人文地标之一。

不同圈子的气味

唐蕾下过乡，当过知青，做过月工资18.5元的学徒工，也在电大读过中文专业，还到过德国卡塞尔艺术学院学习，又在波恩住了一年，这期间一边打工一边搭顺风车游历欧洲。

回到成都的唐蕾，既不想上班受约束，也不想做家庭主妇。那时，唐蕾的背后有其前夫、著名画家张晓刚的艺术圈子。"我就想给朋友们找个聊天的地方。"唐蕾说。所以，在1997年开张的那个70平方米的小酒馆里不是画就是书，也难怪朋友们说唐蕾把她家的客厅搬到了这个小酒馆。

但在1997年的玉林生活小区，酒吧这个名词，对于很多人来说还很陌生。于是乎，很多客人到小酒馆的第一句话就是：有卤菜卖没有？

虽然常常面对这样的尴尬，但小酒馆还是给了成都人不一样的夜色。那些艺术家、诗人、广告人、建筑界名流等，开始拥挤在这个小空间里，聊天，喝酒，举办沙龙。

"我跟很多人都讲过，你是什么样的人，你做出来的事情就会有什么样的品质。""我开这个酒吧，肯定不会开成乌七八糟的，特别俗。来这里的人肯定是人以群分，都会闻着气味就来了。"唐蕾说，"这里实际就是很多大杂圈的'交集'。"

"我是水瓶座，而且生日在情人节，所以我和人打交道就比较随意、比较舒服，人缘比较好。而且我精力比较好，天天熬夜，陪着朋友，在酒吧一坐就是十多年，没有星期天的。"唐蕾说。那时候她的烟瘾很大，最厉害的时候一天可以抽两包烟；长期的熬夜也让这个曾经的成都"粉子"容颜渐衰，但现在看起来还是慈眉善目。

崔健眼里的"教母"

让小酒馆真正扬名的，除了那些艺术家们的圈子，更重要的在于小酒馆是"地下摇滚乐手"们的"圣地"。

说起做摇滚音乐，一次偶然的机会，唐蕾得知成都竟然没有一个舞台能提供给那些"地下乐手"表演自己的作品时，当即拍板让乐队上小酒馆来演。但是，以叛逆甚至极端为底色的"地下摇滚"，在当时还是有一定的风险。有人会说摇滚都是男人的活，她会立马反驳说，谁说女人不可以玩摇滚的？在唐大姐看来，摇滚是一种精神，自由、坚持，谁都可以玩。摇滚的价值就在于它不只是一种思想，而是把多种思想用音乐的形式表现出来。"摇滚特别让我感动，让我体会到最真切的痛苦和前所未有的舒服！"

由此，唐蕾的小酒馆在"地下摇滚"的道路上走得一发不可收。到目前为止，已经有几百支乐队来这个只有70平方米的地方演出过。最早的时候有"子曰"，有"二手玫瑰"，还有"木马""舌头""新裤子"等乐队。除了全国各地的，还有来自法国、日本、德国、美国、比利时等10多个国家的乐队。

而"地下摇滚教母"这个民间称号，是由崔健给唐蕾"封"的。那是在2000年，唐蕾带了9支成都的"地下乐队"，第一次大规模地进京，做了六场演出。最后一场，乐队为了票房，就请崔健来主持。崔健上去就给观众介绍，唐蕾是成都的"地下摇滚教母"，由此这个名号就在江湖被传开了。"但是你想，我带着那么多的小孩，去北京演出，可不就是妈妈，就是保姆吗？"今天的唐蕾说起这个名号总是乐不可支。

就是这个保姆，依托小酒馆成就了很多摇滚青年的梦想，为他们灌制CD，在酒馆里销售；带乐队到各地巡演，为他们打点一切。在唐蕾的支持下，像"声音玩具""阿修罗"成功地走了出去。"我觉得自己的孩子长大了，觉得他们做的事情终于有了一个成果，当然是很欣慰的，这个时候就像一个母亲，感到特别欣慰，为他们高兴。"唐蕾说。

唐姐只有一个

小酒馆的成功，让很多后来的新酒吧开始刻意地模仿，不想模仿的人就想通过加盟的方式来做小酒馆，但唐蕾就是没有松过口。在唐蕾看来，小酒馆并不适合做加盟，因为它不像肯德基那样有一个商业模式。以前有人开过一家同样叫"小酒馆"的酒吧，但进去的每个客人都要问唐姐在不在，因为所有人都知道小酒馆是唐蕾的，在小酒馆里可以找到唐蕾。后来那个人才反应过来，就把酒吧关了。

"唐姐只有一个，就不能大规模加盟。而且这种氛围，也不是很容易复制的。像我这里的艺术的符号就不好弄，不能排除我不在外面做，但现在还没有这个打算。"唐蕾说她暂时不想把小酒馆开得太多，那样就太累了。

十二年的历练，小酒馆有了自己的专业团队，也不再只是成都

"地下摇滚""折腾"的舞台了。除最为擅长的音乐之外,小酒馆还承办电影、油画、文学等各个圈子的活动。现在,每个周末有两场摇滚演出,八点钟开始之前,肯定是没有座位了。

此外,小酒馆还做了很多慈善活动,比如联合乐队去赈灾义演。有一个女孩得了白血病,要花费几十万,画家周春芽联络一些艺术家,在小酒馆做了一次成功的画作拍卖,所得的90多万不仅给那个女孩换了骨髓,还将剩余的钱捐给在汶川大地震里受伤的残疾儿童,让他们学艺术。

和唐蕾告别的时候,小酒馆的人也开始多起来,许多客人都随意地给唐蕾打着招呼,然后和朋友们去享受这充满闲暇和柔情的成都夜色。于是,台上响起了铿锵的音乐,这座城市的激情开始释放。

2009年7月

原题目为《摇滚江湖有"教母" 小酒馆里朋友多》

奥杰阿格——人生总是
在不断『格式化』

1

又是一个把你双眼点燃的七月

又是一个把你心灵点燃的七月

骑上你的骏马穿上美丽的衣裳

小伙姑娘一起走进爱的火把节

…………

　　第一次听"山鹰组合"唱这首《七月火把节》，是在1997年的9月。那时，18岁的我背着行囊来到西南民族学院（今西南民族大学）读书，校园里的广播经常会播放"山鹰组合"的歌曲。后来，我第一次近距离看到明星"山鹰组合"里的"小鹰"奥杰阿格，他在舞台上光芒四射地演唱这首《七月火把节》——他的身份是我的校友。

那是多么美好的一段时光，那是一段把青春和梦想点燃的岁月。

自从1993年奥杰阿格和吉克曲布、瓦其依合正式组建"山鹰组合"以来，他们相继推出了专辑《我爱我的家乡》《大凉山摇滚》和《走出大凉山》等，唱响大江南北，这个少数民族组合成为流行音乐和民族音乐的代表组合之一，被称为"中国第一支少数民族原创音乐组合"。

但是在1997年，奥杰阿格选择了读书深造，在西南民族学院学习少数民族文学。或许，读大学的这一段时间，给了奥杰阿格沉淀的机会，也激发了他成长为诗人歌手的潜质。至于"山鹰组合"的分与离，已经成为往事。问及其中的原因，奥杰阿格笑着摇头说："有时候我也搞不懂，或许是因为年轻吧！"

在西南民族学院读书期间，奥杰阿格在创作上有了新的突破，先后推出了《为谁而歌》《有一双眼睛》。尤其是《有一双眼睛》，这是彝族歌手的首张MV唱片。那会，我们的校园里到处都是"有一双眼睛让人忘不了，有一双眼睛让人忘不了……"的歌声。那时候，我们喜欢盯着学校里女生的眼睛，看看到底哪一双让人真的忘不了。

再后来的奥杰阿格，组建了"阿格"乐队，创作了许多乐曲，其中包括《东山美人》《水西谣》《带我到山顶》……这些歌曲质朴、浪漫，充满诗意，让我们了解到了不一样的奥杰阿格，他成了

彝族人的音乐骑士，为自己、为母亲、为爱人、为故乡、为河流、
为大地、为阳光，奔走、歌咏、弹唱。正如他推出的专辑《格式
话》一样，奥杰阿格期望对自己的人生、对自己的音乐一次次"格
式化"，期望更好地成长、发展。

与此同时，在"山鹰组合"、在奥杰阿格的身后，成长起来
一批批的彝族音乐人、歌手，包括"彝人制造"、"太阳部落组
合"、吉克隽逸、莫西子诗、海来阿木、贾巴阿叁等，他们登上了
更为广阔的舞台，让世界认识和了解彝族音乐的魅力。

2

20世纪90年代，那是华语歌坛最为繁荣的"黄金时代"。那时
候，香港"四大天王"，台湾的邓丽君、"小虎队"，内地的王菲
以及崔健、老狼红极一时，音乐的风浪刮过海峡两岸暨港澳，刮到
了大凉山的深处。

"那时候我在凉山州的昭觉县一所小学教书，平时很喜欢唱
歌，经常参加县里的歌唱比赛，总是得第一名。"提起往事，奥杰
阿格的脸上是一脸的骄傲。

其实，那时候的奥杰阿格刚刚踏上社会。他回忆说，自己喜欢唱
歌，得益于父亲的熏陶。父亲是村里的歌手，喜欢从小背着他从这个
寨子转到那个寨子，一路上都是父亲的歌声。因此，趴在父亲背上的
奥杰阿格喜欢上了唱歌，彝族音乐也深刻地印在他的脑海里。

　　1992年底，当奥杰阿格和吉克曲布、瓦其依合碰到一起，三个热爱音乐的年轻人开始筹划他们的梦想。其中，瓦其依合和奥杰阿格都是昭觉县人，吉克曲布来自相邻的美姑县。三个通过卡拉OK训练出来的县城歌手，开始准备在昭觉县城里举办一场演唱会。去找县里的领导，去文化馆借来布标；他们抱着吉他，用彝语演唱当时的各种流行歌曲。1993年初，昭觉县城迎来了有史以来第一场演唱会，这也是三个彝族小伙子梦想开始的舞台。

　　那时候，"山鹰组合"还不敢叫"山鹰"。山鹰是彝族人的图腾，意味着勇猛和飞翔。"我们觉得自己的嗓音和金丝鸟差不多，因此就将演唱组起名为'金丝鸟'。"奥杰阿格都有些不好意思，这三个虎背熊腰的彝族汉子，哪个看起来都不像金丝鸟。即使如此，他们在当时已经写出了自己的歌曲《我爱我的家乡》《火把节之歌》等。

　　到了1993年，来自昭觉大山的金丝鸟演唱组冲到了凉山州副州长巴莫尔哈的办公室。在巴莫尔哈的鼓励和支持下，三人组正式命名为"山鹰组合"，期望着他们能够像鹰一样，飞出大凉山。

　　很快，山鹰组合的首张彝语专辑《我爱我的家乡》顺利出炉，随后又录制了《大凉山摇滚》。很快，山鹰组合在彝族地区火了起来。

　　1994年，"山鹰组合"在机缘巧合之下，认识了著名音乐人陈小奇，之后与太平洋影音公司签约，推出了第一张汉语专辑《走出大凉山》，由此一炮而红，一发不可收。

　　"千万支的火把照着你的脸/让我看清楚你的容颜/噢我最亲我最爱的大凉山/千万年的美丽还是没改变……"在专辑里，这首《走出大凉山》成了山鹰组合腾飞的象征，《七月火把节》则成为每年彝族火把节期间响彻云霄的歌曲。据说，当时这盒磁带的销量高达80多万盒。

那时候，穿着红黑黄三色服装，或者披着白色查尔瓦的山鹰组合，让全国各地的歌迷都感受到彝族文化不一样的魅力。那时候，他们在广州、武汉、南京等城市举办"山鹰歌迷会"。他们走向了全国，甚至走向了国外。据说，当时来自全国各地歌迷写的信装了几个大麻袋，看都看不过来。

3

就在山鹰组合大红大紫的时候，1995年，从哈萨克斯坦音乐节回来的奥杰阿格，选择离开山鹰组合，开始了单飞。

他选择的第一站是北京。那时候，奥杰阿格住在迷笛音乐学院附近的某个地下室里，准备在迷笛音乐学院或者中央音乐学院学习。后来没钱了，他只好住在中央民族大学老师或者学生的宿舍里，写《为谁而歌》的系列歌曲。后来，奥杰阿格也得到过许多人的帮助，他说自己一直铭记于心。

这一切的变故，让人措手不及。就像奥杰阿格所写的歌曲《随风去吧》："这秋天说来就来了，你的心里没有准备。"

那时候，奥杰阿格只有选择孤注一掷，回家找亲戚，四处借钱，甚至贷款，制作出版了首张个人原创唱片《为谁而歌》。他甚至与后来成名的"彝人制造"前身——"黑虎组合"一起，身负1万多盒磁带，在大小凉山巡回演出。这样的努力，让他再次受到故乡人民的热切关注，也真正明白了应该为谁而歌：

　　　　我将注定一生为你歌唱
　　　　内心永远跟随你的指引
　　　　指路经上跳动的文字
　　　　渐渐被时间冲洗成泛黄

　　1997年，奥杰阿格回到成都，在成都的"地下音乐集散地"肖家河，认真学习起音乐制作。那时候，与肖家河相邻的玉林片区，经常有来自全国各地的"地下音乐人"出入于小酒馆，包括赵雷，常常"坐在小酒馆的门口"。而小酒馆的老板，则是被称为"地下摇滚教母"的唐蕾大姐。

　　随后，在成都，奥杰阿格与山鹰组合的吉克曲布、瓦其依合、沙马拉且重聚在一起，他们讨论得最多的话题，就是如何重振山鹰雄风，如何塑造"山鹰"品牌。他们一起去往云南的大理、丽江等地，同台演出。

　　沉下心的奥杰阿格，一边学习音乐制作，一边在西南民族学院读书。那会在学校操场上、食堂里、阶梯教室里搭建起来的临时演出地，成为奥杰阿格给师生们献唱的舞台。那时候，身边的校友总是有一盘奥杰阿格的磁带，晚会上跳起的彝族舞曲十之八九都是

"山鹰组合"或者奥杰阿格的音乐。

4

"太阳是月亮的歌/月亮是太阳的梦/男人是女人的歌/女人是男人的梦。"奥杰阿格在这首《水西谣》里，用大胆和诗意的笔触，写出了民谣的灵魂。

在完成对自己的"格式化"后，奥杰阿格慢慢迎来了音乐创作的高峰期。

大学毕业后，奥杰阿格本来打算在成都一所高校留校任教，但是在机缘巧合之下，他毅然选择再赴北京加入全总文工团，随后组建了五个人和声的"阿格乐团"。这个乐团在2004年举行的第十一届青歌赛中斩获职业组铜奖。

正是在2004年，奥杰阿格第四张个人专辑《渗透》由成都阿彝呢文化出品，打出了"沉寂五年，重返歌坛，辉煌再现"的宣传字样。

但是，"世界变得太快，人们总是冷漠"，这张专辑一开始并未大火。专辑里的一首《好久不见》被台湾"5566组合"唱红后，很多人开始找他做音乐，他也成为名副其实的"彝族音乐先生"。

2006年，阿格创作了《嘿，妹妹》《幸福》等，演唱者"太阳部落"在中央电视台青年歌手大奖赛中夺取银奖；阿格参加宁蒗彝族自治县的县庆，创作出《让我带你回家》《小凉山很小》等大批歌曲；他为尔古阿呷创作了中央电视台《星光大道》参赛曲目

《翻过一座山》《梦幻之火》《序白天与黑夜》；他还为曲比阿乌创作《索玛花开》，为阿鲁阿卓创作《想起了你》《朋友来了不想走》……

　　　唔吧哎带我到山顶
　　　唔吧哎美丽的村庄
　　　唔吧哎妈妈的泪水
　　　唔吧哎忧伤别困扰她
　　　…………

2012年，24岁的吉克隽逸在浙江卫视《中国好声音第一季》选秀舞台上，以这首具有诗意的歌曲《带我到山顶》，最终获得了刘欢组冠军、全国总决赛季军。

《带我到山顶》，正是奥杰阿格创作的歌曲。最早版本为"山鹰组合"原创的彝语歌曲《南归》，收录于专辑《忧伤的母语》，后由奥杰阿格填词《带我到山顶》并由"太阳部落组合"演唱。而此次吉克隽逸空灵的声音，为这首歌曲赋予了新的生命和张力。

时间是2012年，距离奥杰阿格创办"金丝鸟"音乐组合已经过去了20年。20年的时间，已然让奥杰阿格走向成熟，"日子匆匆地过去，留不住青春"。

2013年11月16日，奥杰阿格新专辑《格式话》在北京大学百年讲堂首发。他解释说，希望自己的音乐就像电脑格式化，不重复，是一种创新、一种纯粹。但是这对于一个音乐人来说，又何尝不是一种勇气。此后，他发行了《歌王的母语》，如今新的专辑也正在筹备当中，预计今年底会正式推出。

近几年，奥杰阿格又一次沉淀下来，在过去的三年中，他一方面安静地创作，另一方面只要有空就会回到故乡大凉山，寻找创作的灵感。在成都西门清水河附近一处偏僻的巷子里，奥杰阿格和他的朋友们一起探讨音乐，一遍一遍地录音、修订歌曲。此外，他计划举办个人巡回演唱会，并打算与世界各地的音乐家做一些文化交流活动。"第一场应该会放在老家。"奥杰阿格笑着说，眼里是热切的期待。

"我在这里世界在哪里/记得妈妈对我说你一定要勇敢/我在这里世界在哪里/记得妈妈说勇敢的人不会迷失自己/不管一路受了多少苦/爱在心里指引你的方向……"对于奥杰阿格而言，故乡大凉山在身后，舞台正在远方。

音乐创作是个人化的

党鹏：从"山鹰组合"的《七月火把节》，到后来你自己写作《水西谣》《带我到山顶》，你认为你的音乐创作风格发生了哪些变化？

奥杰阿格：从《七月火把节》到后来的《水西谣》，我的音乐风格可以说变化还是很大的。最初我们做组合的时候，归根结底是因为我们热爱唱歌，也喜欢到外面的世界去展示这个民族的一些片段。其实，我自己也是一个懵懵懂懂的青年，就是热爱音乐而已。"山鹰组合"在当时也受到外面的一些影响，比如欧美音乐等。但是我们早期的音乐基本上是民族音乐，也基本都是原创歌曲。三个人一个组合，有点像青春组合，唱的都是比较年轻的一种状态，也表达了民族火热的一面，尤其是表达了我们对外面的世界有一种梦想这么一个状态。

到了写《水西谣》，其实无意中写的还是故乡，唱的还是故乡，只是内心的感受变了。同时，我觉得音乐的风格也有了变化，这主要体现在越来越个人化。其实严格来讲，艺术创作归根结底都是个人化的一个东西。虽然我们当时做组合乐队，大家在一起的时候，可能是某个目标一致，想法一致，就往前冲，但音乐创作到一定的时候，肯定是很个人化的，具有个人化的色彩。

格式化至少有清空的意思

党鹏：你的专辑《格式话》，意为对此前内容的一次清空。那么你对自己的过去是一种清空或者否定吗？或者有哪些值得肯定的地方？

奥杰阿格：其实我有些时候是这么想的，《格式话》那个唱片是个分水岭。我经常翻一翻过去写的、唱的那些东西，虽然很多歌迷朋友喜欢，但我自己还是有一些不同的想法，不一定全部否定，但至少有清空的意思，然后我们重新来过，重新用另外的视线去看这个问题。

《格式话》从头到尾酝酿了10年。过去有些好的东西可以保留，但是我过去唱的、写的很多东西，到了某个阶段一看，还是觉得有些地方应该这样应该那样进行提升。

另外，我不太愿意重复自己，我的音乐风格会有所变化，因为人在不同时间段喜欢的音乐风格肯定是不一样的，如果你一直喜欢同样的东西，说明你没有进步，是不是？但到底哪个是更好的，还需要时间去说明。于我而言，我觉得当下的东西更好，这也就是格式化的概念，我们把人生分很多阶段，我把某个阶段格式化清除掉，然后才能在下一个阶段不断地成长。

音乐制作和推广比创作还累

党鹏：你已经写了那么多的歌曲，是如何保持旺盛的创作力的？

奥杰阿格：其实，在歌曲创作这方面我还是比较轻松的。我从小就很热爱音乐。在我的记忆之中，我爸爸常常背着我去这个、那个寨子里面到处唱歌。那时候，我咿咿呀呀的，可能还没有完全记事的时候我就开始唱歌了，到现在都没有停过，所以创作对我来说没什么大的压力。

其实我是很简单的，可能表达得啰里啰唆，但是内心里想写什么东西就去写什么东西，比如某个地方需要写一首宣传歌曲，我不会完全按照对方要求的方向去写，我还是按我的理解去写。现在，我觉得最辛苦的还是后期制作，以及如何把音乐发表出来，还有宣传推广，反正我觉得很累，相比之下创作就显得很轻松。

民族音乐的表达是多元的

党鹏：现在彝族地区出现了很多年轻的音乐人，包括莫西子诗、吉克隽逸、贾巴阿叁等，他们对彝族音乐的影响，甚至于对所有少数民族音乐的影响主要体现在什么地方？

奥杰阿格：应该包容地去看少数民族音乐人从事音乐行业这个现状，而不是简单地停留在自己玩民族音乐，或者某地区的音乐，这样的话就会有局限。另外，现在彝族歌手演唱彝语歌曲，也被广大听众所接受，我非常喜欢这样一个音乐的未来走向。比如，我们每次回老家就要唱祝酒歌，这种情况不是不好，但同质化太严重了。民族音乐为什么不能走出来？因为它一直被固定在那种场合，变成民风民俗的一部分，这与我们今天所说的民族音乐概念是不一样的。

现在，彝族歌手成长起来了一批年轻人，包括你所说的莫西子诗、贾巴阿叁等，他们的音乐思维和意识形态又有所变化，他们更愿意与这个世界进行对接，或者说是对话。因此，我觉得更重要的是无论彝族地区也好，其他少数民族地区也好，这些歌手、音乐人很多时候发现另外的发展路径是可以行得通的。首先，不要把音乐人地域化。包括我们那一代，实际上我们的音乐还是有很多外面的元素，我们也在尝试做一些融合。不能一提奥杰阿格，就定位为少数民族歌手，我们做的可能是民谣、摇滚或者不同类型的音乐。其次，年轻音乐人一旦走出来就发现，外界对他和对他的民族了解得还是不够，大家往往是一个固化的认识，其实他们表达的是多元的东西，包括我们自己，我个人的音乐也是多元化的。

网络音乐有一些混乱

党鹏：现在线上音乐非常火爆，涌现出一批又一批的歌手，但很多都是瞬时而过，他们的音乐只适合在某些特定场景播放，你如何看待线上音乐的状态？

奥杰阿格：现在，音乐的整体氛围不是特别好，线上音乐一来，东西越多，你就分不清什么是好的、什么是坏的了，包括我们的民族音乐也是被媒体带着走。如果一直是这个状态，本质的东西做不好，怎么和国际对话？但是我相信，音乐迟早会好起来，少数民族音乐做好了，是有和国际对话的底蕴的。

当然，网络会带来某些方面包括音乐的进步，让我们的生活变得更便捷。但是从音乐这一块来说，我觉得负面问题还是挺多的，因为每个人都是一个自媒体，很多东西被表达出来以后，这些东西具有美感吗？文化结构是什么？对它们的需求在哪里？作者真的热爱音乐吗？或者他认为这是一个消遣的东西——他的态度是什么？

这些我们都不知道。由此，无意识地，听音乐的受众的审美会降低。我觉得，现在线上音乐还是比较混乱的状态。

不担心民族音乐被边缘化

党鹏：学者何万敏在《凉山纪》中提到他的思考："在现代性与都市化的主流文化眼光中，彝族音乐人创作的表达多少显得边缘化，甚至异质化。"那么你如何看待彝族音乐等民族音乐？它们该如何更好地保留自己的个性，同时不被都市边缘化？

奥杰阿格：我觉得民族音乐是不会被边缘化的，只要音乐好了，可以跟主流音乐一样受欢迎，它们并不冲突，关键在于展现它的舞台或者平台。比如彝语歌曲《不要怕》《带我到山顶》以前是区域化的，甚至是被边缘化的，但是当他们展现在主流平台上时，又成为一种主流化的歌曲。

彝族音乐有很大的一个空间。首先，我们抛开大众来讲，西南地区彝族同胞就有近1000万的人口，西部还有很多少数民族，他们的音乐不能说是被边缘化或者地域化，我觉得主要是宣传力度不够，没有推广开来；其次，我觉得大家内心都渴望好的音乐，但实际上现在媒体，包括很多资本把这些空间全部占据完了，很多好的音乐不一定进得去。其实我一直不害怕边缘化与异质化，我就害怕做的音乐品质不好，害怕音乐主要的内核不在了。比如很多少数民族都有《祝酒歌》，但只适合用来在特定的场合助兴，它们没有音乐的力量感和思考性。

其实，每一首歌都有它的归宿，关键是你得把歌写好了。写得不好，它就像我们在餐桌上消费的一杯水一样，过就过了。但是好的音乐有它的归属，变成大众小众这些都不重要。音乐应该是开放的、多元的，不能站在某一个人的角度看待音乐。现在最致命的是很多音乐人，大部分都没有真正的艺术审美，每个人按自己的标准说话——其实这个有点狭隘，也自私，这也是音乐发展不起来的根本原因之一。

此外，音乐更重要的是要表达自己内心的那种真实情感。不管是少数民族地区，还是汉族地区，还是全世界的人，归根结底对喜怒哀乐的看法都差不多。比如你的歌你写得那么快乐，听众听起来也能感受得到。所以我觉得我们写歌、唱歌，最后写的并不是你的风格、你的旋律、你的民族特色——刚刚学习写作的时候可以这么写——最后你会发现，真诚地表达你的内心，把它写出来、唱出来就可以，这样你的音乐才具有宽阔性和包容性，从而跨越区域性、民族性带来的局限，这也正是我在未来努力要走的方向。

2023年6月

行走

所以说，在成都，不管你来自哪里，是什么材料，都能被成都这个"泡菜坛子"里的"老泡菜水"腌制成味道地道的"成都泡菜"。这或许就是成都这座城市的魅力所在：以其独特的城市味道或者说城市精神，凸显出强大的包容性和同化性，让人感受这座城市的柔性与温度。

小街赤水

1

这个春节，赤水河畔的小街赤水显得有些冷清。

虽然同名为赤水河，但这条小河并不产美酒，更没有川黔交界处的赤水河那迤逦险峻的峡谷风光。如果不是查看地图，我都无从知道这条小河发源于何处，终结于何地。将高德地图放大若干倍，终于从藏身于成都东面龙泉山脉里的龙泉湖伸展出的蓝色脉络上，梳理出这条歪歪扭扭，从山间、丘陵蜿蜒而过的赤水河，其长度不过几十里，随后与发源于龙泉山东麓三岔湖的绛溪河相交，再汇入简阳市城区的沱江，最终奔流到泸州市的长江。

沿着成渝高速，穿过龙泉山脉，不特别留意就不会注意到从高速公路桥下缓缓流过的赤水河。人们都说要发展经济就得修建高速公路，殊不知高速公路修到哪里，封闭的高速公路两侧就如同被隔离于文明之外，对于山区和丘陵地带更是如此。封闭的地方就愈加偏僻。繁华和热闹的是高速公路的出口。

于是，小街赤水就成为被高速公路封闭起来的偏僻之地。从成都出发，在成渝高速往重庆方向40余公里的右侧，赤水河畔的这条小街，就以赤水乡命名，当地人也叫赤水铺，隶属于简阳市石桥镇（街道办）。如今，赤水乡的乡级建制已经取消。虽然距离简阳市很近，但这里是另外一副光景。

要走到小街赤水，先得找到成渝高速的简阳北出口，然后沿着318国道往成都方向仔细觅得一条小路拐进去，曲折而行，爬坡上坎，兜兜转转终于看到小街的入口，入口的标志是一所九年制义务教育的中学，学校建在一座小山坡上。中学的旁边，就是成渝高速。

2

小街不长，从这头到那头，不过三里路，百十户人家，沿街为市；小街不宽，两辆小车错车都得小心翼翼，就地掉头绝对考验技术。小街虽小，但五脏俱全。它原先属于乡级建制，管辖周边五六个村社，各种配套也就齐全，有幼儿园、小学、中学、信用社、诊所、杂货店、服装店、农具店，还有一个铁匠铺，"叮叮当当"的声音从街尾传到街头。没有哪家门店装修得富丽堂皇，但是这里供应着油盐米醋茶，满足着小街人的吃喝拉撒睡，服务着春播秋收等农业生产。

小街平时安静祥和，喊一嗓子，就代替了手机，但现在约牌友打麻将基本上在微信上进行。小街居民也多闲散，守着一个小店，嗑着瓜子，摆玄龙门阵，街上路过个生人，一会满街道都知道了。但街上的闲话中心在茶馆，在麻将桌上。除了铁匠铺，从早到晚最嘈杂的就是茶馆，打麻将的时候也就唠起了家长里短：谁谁谁家里添了新媳妇添了新丁；谁谁谁离婚了，找个比他还大的婆娘；谁谁谁家的女子在外面赚的钱不干净，回来还显摆；谁谁谁家的房子风水不好，找了风水师来看，在门口放个石狮子；……

其实，小街最热闹的时候是逢双日赶场。小街本来就狭窄，遇到赶场，街上顿时熙来攘往，人就突然显得稠密起来。车子肯定是开不进去了，只能远远地停在街头，步行而入。

一大早，赶场的村民大多背了竹筐，采购各样肉食和菜蔬，逢遇熟人就边打招呼，边看对方竹筐里买了什么。热情地给对方递烟哪，邀请对方到自己家里喝酒呀，互相奉承、憨厚笑容的背后是对各人日子的一种满足和炫耀。

街上四季卖得最好的是各种蔬菜秧苗。虽然赤水地方偏僻，但是土地肥沃，栽啥长啥，只要人不懒，土地就闲不下来，一茬一茬地更换着各种作物。除了农作物，这里水土还养人，尤其养女人。街上的女人们多留乌黑长发，人也眉目清秀，但嘴巴都非常嚼，能说会道，可以把人忽悠得一愣一愣的。

赶场的时间一般只有半天，因为赶场的人大多是周边村社的，到中午时分基本上都各回各家吃饭了，街上缺少餐馆，只有几家卖卤菜的小摊子。等街上的人稀疏下来，小街便陷入了安静，这时候是鸡、鸭、鹅甚至猪的天下，它们在街上自由漫步，去啄食早上赶场剩下的烂菜叶子、菜帮子。所以小街很难干净，一遇到雨水天气，就到处泥泞不堪，人们边走边抱怨。但抱怨完了就完了，小街依旧，日子依旧。

3

从小街穿过，遇到年长的就喊表叔、表婶娘基本没有错。路边有个小伙子打电话，第一句话就是"表婶娘，你忙啥子啊？"，好像这表叔、表婶娘就是街上人的统称。或许这正是源于小街的偏僻，以往都是在邻近的村社之间进行联姻，所以现在街上两个人随便一扯，大多是亲戚。

小街上的人很重视红白喜事，过个生日也得摆十桌八桌，随礼也重，多了就成为负担。

小街上未曾出过什么大人物，但是从茶馆里，从龙门阵里可以听到许多传说。街头一个卖运动鞋的表叔，大腿根以下截肢，但是人脑子灵活，行动也灵活，卖货修鞋骑三轮车，行动自如，日子美满，有一个小女儿，长得很是乖巧伶俐。传说表叔年轻时候在全国各地闯荡，走州过县，等他回到老家赤水已是如今模样。至于双腿留在了哪里，不得而知，在他憨厚朴实的笑容背后，一切已经是往事如烟。

再遇到一舅婆，得知我是从北方来的女婿，遂将当地方言转换频道，讲一口带有粤语味道的普通话。闲摆中得知她妹妹远嫁香港，她此前帮妹妹带孩子，在香港住了几年。于是，从香港中环到铜锣湾、维多利亚港，甚至旺角的哪个小餐馆味道不错，都如数家珍。

迎面过来一个老者，身材短小而精干，西装革履，举止文雅，与街上赶场的村民显然格格不入。这是岳父的"老辈子"（长辈），据说懂得风水，看得了疑难杂症，在社会上三教九流都有朋友。偶尔有事出行，他一般不会走到街头坐小街上的中巴班车，等到了简阳汽车站后再去转车，随手一个电话，便有川A、川C等各地牌照的奔驰、宝马来门口接，在街上不是一般的风光。

小街上没有什么企业，人们多以务农为主，闲散劳动力大多数在各地打工。有一帮妇女，在海底捞火锅各地的门店里打工，或是服务员或是店长，缘由是海底捞发源于简阳，于是老乡们便一个带一个地投奔过去。或许正是因为从事服务业，小街上的女人们能说会道。我曾经在北京一家海底捞吃火锅，服务员小妹一开口就知道是四川人，再一讲四川话就知道是赤水人。那个简阳籍的店长，给了我一个最大权限的折扣。

赤水的方言很有特色，虽然距离成都只有龙泉山一山之隔，但是语言词汇多有不同。比如说修路，此地人称为"砍路"，可见当地人对修路的渴望，路不是修出来的，而是历经千辛万苦砍出来的；出门散步叫"杠一圈"，感觉出门要抬个杠子一样，显出生活的辛苦。

　　午后的小街显得有些冷清，原来持续到中午的赶场，现在到九、十点钟就差不多结束了，人影稀疏起来，从外面来摆摊设点的商贩也越来越少。原先赶场时无法通行的汽车现在也可以顺畅通行。街上除了老人，就是匆忙赶着上学的孩子，孩子也越来越少，条件好点的都转到简阳市或者成都去上学了。于是街上没有了消费力，超市的商品上布满了灰尘，除了白酒在柜台上静待日子的沉淀，其他商品在保质期的面前不堪一击。于是，超市里也就有了帅师傅方便面、粤利粤饼干、神剑口香糖，这或许是中国一些乡村的缩影，假冒伪劣商品在这里仍然能够找到生存的空隙。

　　人要吃五谷杂粮，当然避免不了生各种病。诊所就成为热闹的地方，不管是否赶场，不管是早是晚，门开着就有病人。小街居民看医生不叫看医生，而是说看老师。毛老师是街上的名人，可以不知道乡长、镇长叫啥，但是不能不认识毛老师。毛老师开药不多但是很见效。我媳妇从小在毛老师这里看病，如今我孩子头疼脑热的时候偶尔也回来打针开药，延续了两代人。对于病人来说，最忌讳的是医院挂着"欢迎再次光临"的条幅，但毛老师会在看完病后说一句"有空再来耍哈"。这里的人并不介意，来街上看病看老师也是一种耍的生活方式。

　　小街交通条件很不好，前几年除了小街的三里路是水泥路面，两头之外都是沙石路，遇到下雨就成了"水泥路"，群众卖菜，孩子上学很是不便。这两年简阳市被成都托管后，加大了基础建设的投资力度，才终于修通了真正的水泥路。这水泥路连接着一座古桥，古桥建设于18世纪中叶，桥下是横穿小街的赤水河，河面在这里变宽，下游修了一座小型水电站，但是早已废弃。

单说这古桥，桥面已经破烂不堪，大块的红砂岩桥面被过往车辆碾压得坑坑洼洼，桥上栏杆也是红砂石砌成的柱子，被风化得有些斑驳，手指头一抠就能掉下一块。但桥面上人、汽车来往自如，没有人担心古桥是否会突然垮掉。古桥结实，已经矗立了近300年。在当地老人的言谈里，主要是因为桥头的那棵古榕树。古树盘根错节，枝繁叶茂，至今有多少岁无人知晓。古榕树的树根将古桥牢牢地盘住，已经连为一体。在古桥的另一头和古桥中间，都有榕树生根发芽，很是茂盛，均是这古树的子孙。于是古树成为古桥的守护神，有人系了红绳子、红丝带在树枝上，祈福、驱鬼、除病，人们把美好的愿望全部寄托在古树的身上，古树守着古桥，古桥望着流水，流水匆匆而过。

因为水坝的缘由，赤水河在桥下形成了一个不大的湖面，岸边是榕树、梧桐、杨树和竹林。有人撑了小船捕鱼，偶然在烟雨蒙蒙之中，我可以站在桥上沉醉于这样的诗情画意。但这并未维持多久，湖水里便有了养鱼的网箱，偶尔有一群鸭子游过，剩下的是一条破船停靠在岸边。不仅如此，水面上常常漂浮着塑料袋、饮料盒子等各种垃圾，原先河边作为洗衣石的大石头没有了光泽，也就没有了妇女们的欢声笑语和家长里短。

偶然回到小街，发现车辆已经无法通过古桥，古桥的中间竖着一道砖墙，墙上贴着布告，说是古桥经过鉴定，已经属于危桥，只允许行人和自行车、电瓶车通过。于是小街断了通路，就像得了脑血栓，一下子阻断在这里。古桥也就没有了生气，愈加显得破烂，风景也不再依旧，人更是没有了那份看风景的心态。春节再回去，发现古桥仍未修好，但是桥面和桥两侧已经加了钢筋，就等着给桥面铺水泥或者石板，桥的红砂石栏杆仍保留着，日益斑驳。

4

小街显得越来越逼仄，抬头望上去，就剩下头上的一线天，光从缝隙里落下来，将小街的一大半放在阴影里。仔细观察，原来街道两边的房子都长高了，或是在原来的二层楼上面添加了一层两层，或是将瓦房拆了修建楼房，但楼上都空着，甚至没有装修，只有一两个窗框，就像黑洞洞的眼睛，无神地对视着另外一边同样黑洞洞的新房。

这是小街在这两年最大的变化。各种版本的拆迁传闻，让小街以及周边村民纷纷拿出积蓄，在自己的房基之上盖房添瓦，以期多出面积，得到更多的赔偿。而拆迁的节奏似乎也在加快，一步步地逼近小街，有人家早已根据现有拆迁政策做了盘算：多少钱给娃儿结婚买房啊，多少钱买车呀，多少钱还债呀……

我和媳妇偶尔回去，小街上的表叔、表婶娘就会询问我们：在大城市工作，有没有在政府上班的熟人，打听一下小街好久才能拆迁啊？这个问题我们可真的不知道，只能如实相告，他们往往也就叹口气后该干吗干吗。

　　小心翼翼地将车在桥头掉头，我突然觉得空落落的。原来是桥头的铁匠铺拆了老房子盖了新楼，已经没有了"叮叮当当"的打铁声音。

　　打开收音机，烂熟于耳的广告瞬间传来："张哥，你贷到款没有？""张嫂，你又做大生意了哇？"不管是城里的张哥、张嫂，还是小街赤水的表叔、表婶娘，现在都很忙，忙是一种生存的状态，忙起来日子才过得充实，有奔头。

2021年2月

小镇石盘

1

有时候，发展得太快，气质可能会跟不上。这句话对小镇石盘来说，或许恰如其分。

小镇石盘很小，小到赶个场、跳个坝坝舞、吃个串串香、打个小麻将，抬头都会看见自己远房的表叔或者表婶娘。但不同于以往的落魄或者困窘——平日里更是很少有人背着以前赶场用的竹编箩筐——男人之间敬烟必是好烟，女人身上必是穿金戴银，提了挎包买菜。见面打招呼不再是传统的"吃饭没得"，多问对方在哪里发财，而不是在哪里打工；再接着问房子拆迁没有，赔偿了好多，钱留着是给儿子娶媳妇呀还是买车呀。末了吃三喝五打麻将，不再稀罕打一块两块钱一盘的，都是要求五块、十块起，一场"血战"下来输了不少，虽然心疼嘴上却说"这个算啥子嘛，不就是一天的工钱吗？"

石盘人愈发"洋盘"的底气，来自一场新型城市化带来的变革。

石盘镇原隶属于四川省资阳市下辖的县级市——简阳市，与成都龙泉驿区交界，位于龙泉山的东侧，大多为丘陵地带，物产杂而不丰。前几年简阳市被成都市代管，然后从简阳市划分出去几个镇，升级成立了东部新区，由成都市直管。新区分两块，主要包括空港新城和简州新城。划分到简州新城的石盘镇，由此从小镇升级为街道办。但是当地人仍习惯喊石盘镇，毕竟是成都东进战略的第一镇嘛，喊"镇"更舒坦和有气势。

在成都市区，菜市场摆摊卖菜的多是简阳人，如今再被问及是哪里人，一些人就会自豪地提醒对方自己是东部新区人。虽然口音还是简阳的口音，但是毕竟底气不一样，因为家里有待拆迁的房子，或是一大笔安置费。虽然这点安置费在成都市区买不了多少平方米的房子，但未来安置房一分就是两套、三套。于是大家就盼着好久搬新家，镇上年轻的姑娘小伙也就不再着急，宁愿单身，有了待价而沽的感觉。

有了钱，消费起来也就大方，不再像往日的抠眉抠眼（吝啬）。以往吃火锅都是吃二三十元一个人的标准，敞开肚皮胡吃海喝；如今却是挑三拣四，这家口味不好，那家服务不行，再换一家又说菜品不新鲜。

　　于是，消费需求倒逼小镇上的商业业态开始升级。街道上有了一家卖海鲜的档口，提供着活虾、螃蟹、多宝鱼或是其他海鲜产品，而不是像农贸市场一样简单地卖点草鱼或是花鲢、白鲢鱼。本以为街上消费力不足，实际上却是去晚了发现被抢购一空，活虾甚至还需要提前预订。可见小镇的消费水平已经出现急剧拉升，海鲜已经打开了一个缺口和新的市场空间。

　　虽然，街道还是那条老街道，每逢阴雨天气到处泥水污水横流，遇到赶场时候就拥堵得一塌糊涂，傍晚街上到处丢着烂菜叶，有野狗在游荡，不小心就会踩一脚狗屎。但是街道两边的商铺不一样了，原来脏乱差黑乎乎的门店开始装修，门头换了亮丽的灯罩，门店里粉刷得干净卫生，晚上灯光闪烁。街上有了各种时尚的餐饮店，奶茶店哪、汉堡店哪、蛋糕店哪、生蚝烧烤店哪，虽然都是一些三四线的小众品牌，打着各种加盟的旗号，或者就是山寨店，但是阻挡不了年轻人的喜欢，每到傍晚或者周末这些小店里都是欢声笑语。

2

　　小镇开始扩大。先是修建了各种安置房和商品房，为小镇的城市化进程搭建好了骨架。

　　在小镇上，除了老街道没有办法扩建之外，周边已经形成了四通八达的网状道路，而且宽阔平整，绿化到位，路灯也开始亮起来。每到傍晚或是周末，小镇的男女老少不再喜欢窝在家里看电视，而是喜欢出去逛一圈。近了，就在小镇入口的广场上跳坝坝舞，以至于广场上的草坪都被踩得光溜溜的，成了沙土地；远则开车或骑摩托到三四公里外的人才公园、龙马湖公园去散步，新修的公园有湖有绿道有瞭望台，巴适惨了（很好），让刚刚放下锄头的小镇人流连忘返。

小镇扩大的同时，人稠车多起来。人在茶楼里、餐馆里操着全国各地的口音和方言，探讨着各种业务和新的机会。多是包工头来新区承包各种道路、住宅、学校等工程，满脸的兴奋，透露出对发财的渴望。显然，小镇的餐饮业还没有跟上节奏，无论羊肉汤、串串香还是自助火锅，与喝茅台、五粮液、"1573"的场景格格不入。人稠也就多了是非，或是容易滋生各种矛盾纠纷，或是催动了各种利益交换，小镇也就隐藏着不一样的江湖。

车也多起来，各地牌照的车都有，多得让人烦恼、诅咒却又艳羡。这个路虎卫士是新款，车身两侧挂着两个挎包；这个奔驰大G据说要加价四五十万才能提到一台。当然，其他奔驰、宝马等豪车也有，晚上如在路边开汽车展会。各种在工地上跑的车辆更多，轿车以大众为主，轮胎上满是泥浆，车身也到处是擦剐痕迹，都随意摆放在小镇街道的两侧，让本就不宽的道路显得更加拥挤不堪。小镇人也不甘落后，他们有拆迁款，没有拿到安置房之前，好歹先买辆车开着，三五万是看不上的，起步也得十万元以上的车辆。于是逢年过节，小镇更是拥堵得一塌糊涂，这也展示着小镇不一样的经济活力，成为城市化进程中的样本和缩影。

小镇还在加快建设，但就像一些刚富的人气质尚未跟上，打高尔夫往往连杆子都抢了出去，小镇不是今天停水就是明天停气，不是这里挖断线路就是那里需要铺管道。

人们抱怨久了，也就成为习惯。小镇人豁达，可以喝一碗羊肉汤，也可以来一碗炸酱面，也可以对付一个汉堡薯条。新的生活才刚刚开始，锅和碗总是碰着，何况这么大个新区这么多的人呢？

未来会更美好的。

2022年3月

成都是个『泡菜坛子』

1

对于成都人来说，搬家的时候啥都能放到后面搬，但是有一样东西得提前抱着走，这就是泡菜坛子：有烧制的土陶罐，有玻璃大罐子，有细瓷瓷坛；有上面蒙着一层油灰传了几代人的泡菜坛子，有看着花花绿绿，让人垂涎欲滴的玻璃罐子。

"这个是我奶奶留下来的泡菜坛子，还有泡菜水。"这言语里有着一种骄傲，泡菜水是传了几代人，可以给亲朋好友匀一碗做新泡菜水的引子，就像北方人蒸馍时预留的那一块做酵母的面团。

最近"土坑酸菜"被媒体曝光后，成都人都是一脸的不屑：想吃个酸菜自己泡，哪个瓜娃子（傻瓜）才在外边乱买起吃。于是我回家就把我从菜市场买回来的散装泡红椒和泡姜丢了，怕的是我家请的钟点工阿姨笑话我："想吃啥子泡菜，我给你泡嘛！外面这些泡菜脏得很，不好吃！"好在钟点工阿姨做的老泡菜味道确实好，弄了酸菜土豆汤，我可以喝三四碗，解酒！

2

成都人一日三餐离不开泡菜，泡菜既可上老百姓的小餐桌，也可上五星级大饭店，更是成都苍蝇馆子（规模小的餐馆）里必不可少的小菜——基本上都是免费的洗澡泡菜（成都泡菜的一种，泡制时间短，犹如洗澡一般），食客可以随便自取，但谁家泡菜不好肯定影响生意。

因此，泡菜成为成都人家家的标配，也是各餐馆的标配。对于成都人而言，确实不屑于吃那种生产线大规模生产出来的泡菜，主要是自己泡极其讲究。成都泡菜也不同于北方人腌制的咸菜。咸菜不是红萝卜就是白萝卜，要不就是萝卜的近亲大头菜，而且腌制出来就是一个味，咸！更不同于韩国泡菜，除了辣白菜还是辣白菜，味道都是咸甜酸辣糅合在一起，尝不出啥区别。

有着一两千年历史的成都泡菜大为不同，一方面因为成都平原温润潮湿的气候有利于菌群发酵，就像这里盛产名酒一样；另一方面因为成都平原物产丰富，四季都有时蔬，可以想尽办法换着花样来吃。因此，成都人的泡菜坛子可以腌制的种类甚是繁多：从辣椒、生姜、蒜薹到萝卜、黄瓜、白菜、洋葱、芹菜，甚至苦瓜都可进入泡菜系列，微苦微酸，脆爽可口。不仅如此，还可以腌制猪蹄、凤爪、鸡翅这些荤菜，荤素相宜，显示出泡菜水强大的包容能力，这才真的是厨房里的秘密。

3

成都人泡老酸菜、老泡菜讲究要用陶罐——最好还是土陶罐——放一张点燃的纸进去，盖上盖子，在外面坛沿倒上水，如果水被悉数吸进去便是好坛子。将厚皮菜、白菜这些先切好在阳台上晾晒几天，再用盐将青菜腌制好，然后放入泡菜坛子，给坛沿加水密封若干天。老泡菜可直接生食拌饭，也可以煮汤、做酸菜鱼、炒回锅肉。

最为神奇的是，因为温度、湿度等原因，夹泡菜的筷子沾不得滴点儿（很少一点）油星，泡菜水一旦经管不好很容易生花（生霜）。生花不及时处理，那么漂浮在泡菜水上面的白沫就会侵蚀泡菜，使其味道变坏，发酸，甚至发臭，从而糟蹋一坛子泡菜和泡菜水。我看了各种攻略，解决这个问题不外乎就是加盐呀，加点酒呀，把白沫打掉呀。但往往没有用，无法拯救我的泡菜。询问朋友的老父亲如何处理，老人家举起一根手指头，说简单得很，伸进去搅两下就行，好像手指头或者指甲缝里有让泡菜水"起死回生"的多种元素。但我把整个手洗干净伸进去搅来搅去都没有用，又不愿意借朋友老爸的手指头，只能作罢。

而成都人一日三餐离不开的各种洗澡泡菜，一般都是莲花白呀、黄瓜呀、蒜薹呀这些时蔬，切好用盐腌制，然后放进泡菜坛子或是玻璃坛子里，第二天就可以捞出来切碎，拌上红油，撒点味精，吃起来清脆可口，所以称之为"洗澡泡菜"。饭店喜欢将它们摆在大厅，一排玻璃坛子装着各样时蔬，花花绿绿的，让人顿时就有了食欲，光是靠泡菜就可以多下两碗米饭。

如此等等。一方面成都人都自恋地认为只有自己家的泡菜最好吃，就好像我逢人就说我们村就我妈做手擀面最好；另一方面，成都人做个泡菜都如此变着花样，让外地人都百吃不腻，欲罢不能，最后舍不得走，为了一口泡菜留在成都。

4

我是陕西关中人，小时候家里一到秋冬，就开始准备腌制咸菜——那时候北方冬天几乎很难见到反季节的蔬菜，从海南热带地区运输过来的蔬菜更是奢望。因此，大多数家庭都是依靠囤积大白菜和土豆过冬。其中，咸菜就成为冬日饭桌上必不可少的"菜肴"：无论加在蒸馍里还是吃玉米籽和小米稀饭，都是来一盘子咸菜。

咸菜的原料很简单，不外乎萝卜、芥蓝，有时候萝卜缨子扭下来也可以做成咸菜，还有去菜地里将那些割掉菜花（成都人叫花菜）的根部挖出来，去皮，然后放进咸菜缸里腌制咸菜，脆而鲜香，很好吃。我的整个中学时代就是靠我妈每周给我带一大瓶子咸菜熬过来的，泼上红油，放一点葱白或是青椒，在学校就着馒头吃一个星期。因此，六年的中学时代里，嘴巴多是咸菜的味道，容易放屁，一吃咸菜放屁就没完没了，而且极臭，好在同学都是如此，已经适应，一笑而过，让臭屁随风而去。

到了成都，才明白泡菜或是咸菜的多样性、丰富性，从外观到口感，从佐餐到大菜的主要配料，都刺激着人的味蕾，就像喝陈年的白酒，口感层次丰富，回味悠长，又像感受这座城市，满口满眼满心思都是烟火的气息。

5

所以说，在成都，不管你来自哪里，是什么材料，都能被成都这个"泡菜坛子"里的"老泡菜水"腌制成味道地道的"成都泡菜"。这或许就是成都这座城市的魅力所在：以其独特的城市味道或者说城市精神，凸显出强大的包容性和同化性，让人感受这座城市的柔性与温度。

这样的城市特质，主要源于成都的发展沿革以及人口构成。我认为，在历史上，成都总计有五次大型移民潮，即春秋战国时期、三国时期、清朝初期，以及抗战时期和新中国成立后三线建设时期。其中，规模最大的就是由清政府主导的"湖广填四川"，基本奠定了今天成都的人口结构和文化基因。此外，抗战时期和三线建设时期的移民，则为封闭于西南一隅的成都注入了现代文明，实现了一次南北方文化的大融合，让作为"大后方"的成都具有了更为广阔的视野。

因此，从这个意义上说，成都是一个"移民城市"，既留存着南方沿海地区人群的文化特质，也有着抗战时期和三线建设时期拥入的北方人的豪迈之气，从而造就了如今成都对外来文化承接、包容、转化、融合的城市精神，也构成了这座城市的精神内核。

如今，全国各地的"抢人"大战烽烟乍起，这一轮由人才引发的新移民潮，无疑为社会发展带来新的驱动力和活力。从已公布数据的各大城市人口增量排名来看，这座"雪山下的公园城市"，成为此轮抢人大战中的大赢家，2021年人口净流入数量为24.5万，"蓉漂"的队伍日益壮大。在这座城市的包容与同化之下，"蓉漂"们成为成都这个"泡菜坛子"里与众不同的萝卜、白菜或是猪蹄、凤爪。

所以，在成都这座城市，来了不想走，还是走了想回来都不需要你为难，"少不入川，老不离蜀"，当你被腌制成一块色香味俱美的泡菜的时候，你就会发现，原来泡菜坛子竟然如此安逸，你，还舍得离开吗？

2022年3月

西安是个『肉夹馍』

1

"走，逛西安城去呀！"虽然郊区人逛西安一定逛的是城市里的"市"而不是"城"，但我们已经习惯说逛"城"，只有"城"字才显得大气、豪爽。

什么才是城？"城"的本意是城邑四周的墙垣里面的区域，外面的叫郭。城字单用时，多包含城与郭。城的主要作用，《说文》提到"城，所以盛民也"；《春秋谷梁传·隐公·七年》提到"城，为保民为之也"；《墨子·七患》提到"城者，可以自守也"。

著名古建筑专家张驭寰在他的著作《中国城池史》中写道："我国古代城市的建设很早就有了，经过5000多年筑城的发展，历代建设的城池，从都城到一般城池，有近千座，再加上明清以来各县镇建城至少有3000多座，总计有四五千座城池。"但是这些浩大的工程，在历史的云烟里已然断壁残垣甚至灰飞烟灭。如今，存世最完整、规模最大的城，恐怕也只有西安城了！所以，西安人说的进城呀、出城呀，虽然有着诸多对交通不便的抱怨，但实际上透露出来的是一种自豪。

"玉祥门""含光门""朱雀门"……每一个大大小小的城门都有着不同的历史背景。城墙内外是车水马龙，只有城墙是静默的，一个个墙垛连起来，就是无数个"凹"字，里面沉淀的是这座城的历史和记忆。

作为西安郊区人，我之前在西安"城"里只工作过一年。一个人的日子好过，每到傍晚，就顺着城墙根溜达，或是听人吼秦腔、谝闲传、下棋，或是看城墙垛里消失的最后一抹斜阳，或是摸着粗糙的城墙砖回味十三朝古都的兴衰，或是想象"长安十二时辰"街坊里的明争暗斗。

2

如今，西安已经是网红城市。"城里的人想出去，城外的人想进来。"说起西安城，西安人感觉自豪之外还有一种无奈。这世界上人咋这么稠，都跑到城里来逛？而城的概念，已经从城墙延伸到了一环路、二环路甚至五环路，这些环城路就是躺平了的城墙，在不同的环里有不同的风景和经济结构。在城里，但凡是个景点，在春节的时候乌泱乌泱都是人，人与人之间挤成了真正的肉夹馍。于是，我们看到西安人号召说，大家尽量不要出去逛，把景区让给外地人；有外地人给西安献花，说这座城市治愈了自己的内心。

治愈是当前流行的一个词语。人吃五谷杂粮得病，但是听着噪声、看着老板的脸色、面对工作上的压力，更容易得心病，心病比吃药的病更难治愈。当然，每个人的病态不一样，有人看万家灯火可以治愈，有人看孩子的笑脸可以治愈，有人听一段秦腔可以治愈，有人喝一碗摔碗酒可以治愈，有人吃一个肉夹馍也可以治愈。突然想，肉夹馍就是西安这座城市的本色。烤好的白吉饼，就像这座城市的城墙，看似坚硬，实际上城的历史和记忆，是如此值得回味与咀嚼；肉夹馍里面的腊汁肉，更是味美多汁，就像这座城市的人间烟火；整个肉夹馍就像是"陕西冷娃"，外表一如兵马俑，内心却是厚道和火热，食之有味而且充实耐饥。

其实肉夹馍应该叫馍夹肉，但肉置于前显得更加大气和具有诱惑力。历史上，馍是秦国的馍，腊汁肉称为韩（寒）肉，来自"战国七雄"之一的韩国。如今的腊汁肉，一般选用上等硬肋肉，用加了盐、姜、葱、苹果、蔻仁、丁香、枇杷、桂皮、冰糖、大香等20多种调料的汤煮成。地道的腊汁肉色泽红润，酥软香醇，肥肉不腻，瘦肉不柴。将腊汁肉夹在烤热的白吉饼、狗舌头油饼或者潼关千层饼里，香糯可口，不仅解饿解馋，而且可解乡愁，可治愈心病。

肉夹馍虽好，但是作为食品而言又过于实在。比如到成都旅游，吃一顿火锅、串串香，人均消费至少也得百八十；到西安旅游，吃一个肉夹馍、一碗凉皮，再来瓶冰峰汽水，也不过三四十元，而且吃得绝对扶墙根走路。所以，吃喝玩乐需要创新，旅游需要创新，城市也需要创新。就像这城墙，坚固却趋于保守，安稳但少冲劲。

3

我们欣喜地看到，西安这个"肉夹馍"如今正在发生着日新月异的变化，无论是教育、科技、文化，还是城市建设、社区治理，尤其是城市旅游，都发展得如火如荼。印象里，从前几年永兴坊的摔碗酒开始，西安城就被贴上了网红城市的标签，一碗面、一束花、一个馍……都可以让西安冲上热搜。这既是网红城市带来的红利，也是给这座城市带来的无尽烦恼。

前些年，学者张宝通曾提出西安"皇城复兴计划"，希望在保护与复兴古城的同时，打造一个国际化大都市，他至今仍在坚持呼吁。现在的西安，已经是一个千万级人口的国家中心城市，复兴的路径却发生了巨大的变化：城墙外围形成一个个新的商业中心，热闹繁华；城墙里面的街坊小巷，日渐冷清。每次回去，也只有回民街保持着喧嚣和热闹，在逼仄的街巷里点燃这城市的烟火。

逛西安城，实际上，越来越多的人只是为了逛这座城的"市"——永兴坊、大唐不夜城，还有其他商业综合体，它们吸引着天南海北的游客打卡体验，能不能达到治愈的效果，因人而异。

　　青砖依旧，城墙依旧。城墙内外有四季的风景，冬天的雪后叫作长安。或许我在西安生活的时间太短，还无法感受这座城市由表及里的变革与创新、固守与倔强。但西安城就在那，你来与不来都在那等着，保民，盛民，守着城市的烟火，看着世间的沧桑。

2023年2月

重庆是个『魔幻大迷宫』

1

第一次在重庆吸取教训，是因为五毛钱的事情。

十几年前，去重庆拜访一个朋友，走到他单位门口，被告知他在附近另外一栋楼上，从旁边坐一个电梯下来就行，三五分钟的时间就可以到他办公楼门口。"坐电梯五毛钱哈，记到！"朋友再三叮嘱。

终于找到了电梯，一问果然是五毛钱。为什么坐电梯还要五毛钱？成都小区、写字楼里的电梯都是免费的呀。花五毛钱还不如买个冰棍呢。问开电梯的大爷为啥收五毛钱，或许正是午后犯瞌睡的时候，人家不屑地说，都是那个样子的，不坐算啰，话多！

我一气之下，自己走路过去，反正电梯直上直下才三五分钟，走路也远不到哪里去。谁知道，从旁边的小道一路下行，弯弯曲曲，先是走错了岔路，再折回去，爬坡上坎，走到朋友办公楼前已经是20多分钟之后。大夏天，我的衬衫能拧出水来，朋友打了几道电话，急得在大太阳底下等我。"看嘛，我喊你花五毛钱坐电梯，这下遭罪了！"朋友调侃着说。我真的是苦不堪言，这个教训太深刻了。

如今，在重庆很多地方还有这样的收费电梯，上上下下很是方便，我也视为捷径，吃一堑长一智，不再话多，也舍得给一块钱。我们得适应山城，适应山城的环境和人，而不是自己一味地倔强。

2

实际上，近些年来重庆的发展日新月异，城市交通线路纵横交错，异常复杂，即便是凭借导航系统，外地人开车或者步行也可能找不到路径。一会山洞，一会立交桥，一会穿过人家小区，一会在半山腰，一会在山脚，一会在长江边上，一会在山旮旯里面。用陕西话说，就是"额的神啊！"

我就想不明白，重庆人又是如何在这魔幻的城市里魔幻般地生活呢？他们的大脑就像一个高级电工，每天梳理着不同的线路，以强大的逻辑思维给自己在这座城市里做好坐标系，并排除一切音障、洞障、路障，让自己穿梭于这座山城而怡然自得。

有人说，重庆是5D魔幻城市，但重庆人立马就会反驳你，明明是8D城市。看着重庆林立的高楼，觉得和香港很相似。但是相比重庆，香港的交通体系、建筑设计就显得天真和简单。在重庆，立交桥可以设计成五六层，居民楼里可以穿过轻轨，明明是"停在八楼的2路汽车"，其实这只是一楼，低头看去旁边是十几层高的大楼，你只是在别人楼顶看风景，因此这几年重庆也成为网红城市，各种建筑和铁轨都成为打卡地。我猜想，可能重庆搞跑酷的人少，地形不熟悉的话，这样跑酷跑出去，酷不酷不知道，但是死相肯定很是难看。

重庆这座山城是5D也好，8D也好，其城市构架的形成，自然与山城的地势地貌有关，重庆人尤其是重庆的建筑大师们又会设计，边边角角都能利用起来，通过立交桥、山洞、轨道、楼宇等，构建出一个多维空间，将这座城市打造为中国乃至全世界最大的"迷宫"，使得这座城市很是魔幻。

3

魔幻的还有重庆的文化。作为古城，重庆却一点都不老气横秋，处处都体现出现代化、时尚化。长江、嘉陵江形成的码头文化，抗日战争时期形成的陪都文化、新中国成立后形成的三线建设移民文化，构成了重庆丰富多彩的文化基因；本土的巴蜀文化等，又构成了重庆独特的城市性格，使得这座城市充满激情、张力，就像正在沸腾的火锅一般。

印象最深刻的事情如下：

2022年夏天重庆多地发生山火。在漫天大火面前，重庆人尤其是"90后""00后"们逆火而行，组成了摩托车队运送物资、抢救伤员，他们用一颗颗勇敢的心，守护这座城市万家灯火的宁静。

重庆人的性格火暴、直爽。他们爱这座城市，甚至可以为这座城市抛洒热血，这就是对自己身份与这座城市的高度认同。尤其是在2020年夏天，重庆遭遇了一场历史罕见的洪水，重庆这座城用自己的胸膛，默默地抗住了这场灾难。

俗话说，"成都妹子嘴巴嚼，重庆崽儿砣子硬"。实际上，在我看来，重庆的嬢嬢们嘴巴才是真的厉害，吵架从来不得喘气，让我从听觉和视觉上都震惊；而重庆崽儿性格直爽的同时，偶尔也鲁莽，基本上不屑于和人吵架，直接就上拳头，这与陕西冷娃有得一拼。但我觉得，重庆人不论男女，就如同这江水滔滔，又时有风平浪静；就如同这鸳鸯火锅，一半火辣一半清汤。你在魔幻之中揣摩重庆人的性格，重庆人却说揣摩个啥子嘛，我们重庆人对朋友从来不拉稀摆带（怯懦，临阵脱逃），都是巴心巴肝的（全身心投入）。

确实如此。我身边的重庆朋友很少有喜欢假打（做假状，说假话）的，有啥事吼一声就跑得飞快，吐口唾沫是个钉儿。此前，重庆一个朋友发朋友圈认定特朗普当时能够连任，我就发微信说和他打赌，我认为拜登会赢。结果这哥们儿输了，立马兑现了承诺——发来两百块大洋，让我这个玩笑来了个郑重的结尾，即使我一再拒收，但这个哥们儿就是死活不干，甚至于差点反目，我只好收钱说回头请他吃饭。

但是一回头就是两年多，就像陕北民歌里唱的"拉个话话容易见个面面难",弄得我一直感觉自己假打。

4

　　"走,看美女去呀!"看美女就要去重庆和成都。成都美女统称"粉子",身材娇小,乖巧且喜欢发嗲;重庆美女习惯爬坡上坎,身材挺拔,皮肤白皙。成渝两地,如今正是繁花似锦。

2023年4月

夜逛关中书院

1

吃罢晚饭，朋友说走咧，咱出去逛一圈。于是两人边谝边走，没几分钟就到了距离不远的西安城墙的南门。在寒夜里，被灯光勾勒出轮廓的古城墙静默而伟岸。虽然城墙根下过往的人已经逐渐稀少，但是城门里依旧车水马龙，喧嚣不止。

难得有回西安出差的机会，在城墙根下转悠还是多年前在西安工作时的习惯。那时候一个人，喜欢在夕阳西下的时候沿着城墙根溜达，触摸那些粗糙的墙砖，每一块墙砖每一个小台阶都让人感觉到沧桑。墙砖是沉默的，也没有浪漫到有人随时在墙上吹埙，但是在城墙根下听人谝闲传、吼秦腔、唱河南梆子，或是听妇人拉长了"醋熘普通话"，长长短短地喊自己男人和娃回家吃饭的韵律，觉得城墙根也生动起来。

2

　　距离南门最近的就是书院门，以前喜欢在这里买个埙呀、碑林的拓字呀，刻一方印章啊。或者看那些名家的字画，啊呀，谁谁谁写的"刷子体"都是十来万一副，谁谁谁去世后画作反而降价了……这些都是谝闲传的事情，字画是鉴赏不来也买不起的。但时间才过晚上八点，书院门就冷清了起来，多数商家已经关门，路灯也是隔几个开一盏，显得路面幽暗而古朴，如今的大唐不夜城并不在这城墙根下，而是在别处。实在没啥耍的，我跟同事说："走吧，有个去处，你绝对没有进去过。"

　　这就是关中书院。在这纸墨馨香的古街和喧嚣的西安城里，还隐藏着这个宁静的去处。书院大门的门卫在认真地阅读报纸，让我事先编造的各种理由没有了用武之地，就和朋友从容地步入书院。大门两侧的墙壁上各有四个大字：学高为师，身正为范。原来为师、为范，需要从学高和身正两个方面树立标杆，这也概括了关中书院的精神内涵。书院安静至极，只有我们两人穿着皮鞋走路的声音，偶尔有学生从旁边经过。

　　书院古树甚多，尤其是槐树，树龄动辄百年以上。古树在淡淡的月光下，更显得沉寂，伸了枝枝丫丫，展现着自己生命的张力。拍一拍那斑驳的树皮，分辨着哪一棵是古槐，哪一棵是皂角，然后从枝丫的缝隙里，看那一弯月亮，凄美得让人更觉严寒，冬天的风从树梢上呼呼地刮过去。

主干道的两旁便是教室，一律青砖灰瓦，但雕梁画栋，让学院有了不一样的人文色彩。我朋友说，厚重的校园文化，让他这个从甘肃来的人感觉自己硬是没文化，以后就把自己的女子送到这来上学。我说，如果我是校长，我就让学生穿上汉服来上学，见面作揖，把盛唐的那份感觉在这里演绎得淋漓尽致。

看着每一间教室，每一株古树，愈发感觉到时间的沧桑：我第一次来这里已经是几十年前的事情了——用几十年来概括一段过去的时间，才明白自己正在老去，青春距离我们已经越来越远。

那时，我正读初中三年级，农村兴考中专，上了中专就可以在三年后工作挣钱了，而且中专学费便宜，甚至像师范类学校还有各种补贴，因此可以减轻家里的负担。但考高中就不一样了，三年之后能不能考上大学还不知道呢。所以，那时候很多人便选择补习复读初三，补习三五年的学生都有，相当于重新读了一遍初中。

那时，我一样选择读中专，因为爱好文学，当然最好的去向就是读师范类学校，当一名教师而且最好是语文教师。终于，在初中毕业前夕，我们先被安排到关中书院——当时的西安师范学校面试。这是我长到16岁以来，第一次进西安城，虽然我老家就在西安市的郊区，距离市中心只有40多公里。

面试的细节已经无法忆起，但书院里的每一间教室、每一棵古树都在我的脑海里留下了深刻的印象，那时候有一种强烈的冲动，也是我唯一的梦想——到这里来读书。可惜，中考失利，虽然面试分数优异，但文化课却没有达到录取线。在知道成绩的那一刻，我止不住大哭，从来没有感觉到人生是如此灰暗。但没有办法，我放弃了继续补习，而是选择去一个距离家30余里的镇级中学读高中，所幸我在三年后顺利考上了大学，并离开了西安城。

3

直至大学毕业，又回到西安工作，我才仔细查阅了关中书院的历史：

> 关中书院。明清时期陕西著名书院，位于西安府治东南。明万历二十年（1592年），陕西著名学者、御史冯从吾因疏忤神宗罢官归里后，与友人萧辉之、周淑远等在此地之西宝庆寺讲学多年，弟子日众，而寺地狭隘。万历三十七年（1609年）十月，陕西布政使汪可受，按察使李天麟，参政熊应占、闵洪学，副使陈宁、段猷显等，为冯从吾另于宝庆寺之东小悉园处创建关中书院。书院中建讲堂六楹，题匾名"允执堂"。冯从吾《关中书院记》云："书院名关中，而匾其堂为允执，盖借关中'中'字，阐允执厥中之秘耳。"三年后，新任布政使汪道亨于书院建"斯道中天阁"一座，以祀孔子。至此，书院已初具规

模。冯从吾等在此大力宣传儒家思想，昌明理学，影响极大，盛时弟子多达千人以上。明天启五年（1625年）魏忠贤毁天下书院，天启六年（1626年），熹宗下旨"一切书院俱著拆毁"，十二月关中书院被毁。崇祯元年（1628年）复建，由冯门弟子继掌其学。

关中书院在明以后仍然发挥着敦化教育的巨大作用。清康熙二年（1663年）重新整修一新，由当时陕西名儒李颙主教席，李颙沿袭冯从吾的传统，仍以昌明关学为己任，订立学规会约，以礼仪约束诸生，用以整肃身心，使书院再次兴盛。同治、光绪年间，政府官员都对书院进行过整顿，后在书院改学堂的风潮中改为师范学堂。

以上是《中国儒学通志·明代卷纪事篇》一书中关于关中书院的一段简史。民国时它被改为省立师范学校，直至解放。后来改为西安师范学校及附小，在2009年并入西安文理学院，成为书院校区。

关中书院见过硝烟，历过争斗。不过历来文人们的初心，仍是"修身齐家治国平天下"，他们始终坚持着教授和传播知识，由此赋予了关中书院独特的人文气质和情怀。现在的书院门更是围绕着关中书院和紧邻的碑林博物馆两地，使书院门形成了西安的文化重地。看着街道门面上的招牌，朋友为上面名家的题字赞叹不已，或是吴三大，或是于右任，他们的一笔一画渗透着力度，张扬着西安城的气质。

　　我想，西安之所以为城，就是因为这一砖一瓦、一人一笔墨，构筑着一座城沉甸甸的历史和记忆。城墙根的喧闹和人间烟火，把人心牵到远古，把生动留在当今。

2022年2月

双廊——寻找生活的彼岸

1

　　沿着蜿蜒曲折的"海岸线"行驶，"海风"携带着路边晾晒的小鱼虾的腥味，拥挤在狭窄的汽车里，等你有些反胃了，却又悄然换了花香，或是泥土的味道，或是牛粪的味道。沿岸的风景在变换，绵延的山体一直远远地在"海"的对岸静默着，用婀娜多姿的身影，等着告诉你一段有关苍山洱海的故事。

　　于是，不经意间就抵达了双廊。在苍山的那边，在洱海的这边，古镇用一种凝固着时光的方式，与大理那座新城的高楼大厦进行着对望，这是一种时间与时空的交错。只有洱海风云莫测，一团云，一缕风，一阵雨，一场汹涌而来的波涛，旋即又打开了蓝天碧海，让人陷入青山绿水的宁静之中。

　　"我有一所房子，面朝大海，春暖花开。"在洱海边，找一间"面朝大海"的民宿是件难事，除非你早早地通过线上平台或者朋友预订。在双廊狭窄的街道两旁，大多数客栈都有一个院子，院子里种满的各种花卉，热热闹闹地盛开着。你放下行囊，然后坐在一个摇椅里或者窝在柔软的沙发里，喝一杯咖啡或者茶，享受着长长旅途之后的惬意时光。桌子的旁边，安静地卧着一条老狗，老狗打着瞌睡，仿佛和你一样，刚刚经历了一场漫长的旅行。

2

　　之前去丽江，去束河，或者去桂林和阳朔，自然会与双廊做比较。比如束河，带给你的是一种无法抗拒的慵懒，你什么都不想做，甚至什么都不用想，就在那里发呆就可以了，彻底停下你前行的脚步；阳朔可以寄情于山水，甚至开展一段关于喀斯特地貌的科学考察，却无法让我在夜晚啤酒鱼的滋味中放松自己，我只能是匆匆的过客。双廊却不同，虽然同样是来去匆匆，却又感觉自己回家了，可以感慨着说"哦，这就是我想要的小渔村生活"；等你安静下来却又被浪涛唤醒；等你诅咒这古怪的天气和脚下的泥泞，却又还给你一片碧海晴空。这种开阔与变换，这时时的惊喜，洗涤着你的眼睛，激荡着你的内心，让你舍不得离去。

　　这只是一个小渔村而已，这只是一个白族同胞自古以来小小的栖息地而已。行走在古镇狭长的街道上，青石被踩踏得滑润平整，甚至是光可鉴人。随处可见青瓦、白墙、淡墨画及三坊一照壁的白族建筑，这些古朴甚至于有些败落的屋舍就足以让人流连忘返，好像回到了久已辞别的家乡。而那些沿着"海岸线"修建的新农村住宅，一样的白墙、青瓦，显得优雅、整洁，与洱海融为一体。此外，无论新、旧白族住宅，都是雕梁画栋、飞檐翘角，照壁上都写着"耕读人家""苍洱毓秀"等，无不显示出一个千年渔村和一个少数民族丰厚、朴实的文化内涵。

资料显示，双廊镇是新石器时代和青铜器时代文明的发祥地之一，是唐宋时南诏、大理国的重要军事要塞和水军基地，是唐天宝战争、清杜文秀起义的古战场，是佛、道、儒、原始宗教等多元文化共融的地方。基于苍山、洱海的地理、气候环境，以及历史沉淀，双廊白族人民有着独特的文化基因。这里不仅有着发达的农耕文明和渔业文明，而且很早就能够在外来宗教、西方文明的影响下，与现代文明接轨。

3

在双廊，除了听海观涛，美食无疑是所有旅行者的最爱。可以找一家开满花香的院子，尝尝白族的私家菜——银鱼煎蛋，金黄包裹着银色，外焦里嫩，美味十足。即使是简单的泡椒炒土豆片，也能够吃出不一样的风味。当然，这里的烧烤是绝对不能错过的美味，在洱海边随意坐下，开一瓶叫"风花雪月"的啤酒——不是另外一种叫"勇闯天涯"的啤酒，喝的是一种儿女情长，喝的是一段风月时光。灯火阑珊，"海风"随意吹着，还有什么事情让你着急呢？一场关于风花雪月的事情或许正等着你。

关于风花雪月的故事，关于那些艳遇、那些爱情桥段，无论在阳朔、丽江、凤凰还是在双廊，几乎有着同样的套路，同样的商业化的翻版。早些时候，是一些文学爱好者写了各种风雪花月的文章发表于报刊等出版物，随后就是写博客发天涯社区，再后来就成了微博、微信朋友圈的谈资。传播的方式在变化，而故事越来越俗不可耐。不是每一个人都能像段誉一样，遇到心目中的王语嫣。

以前总喜欢坐着听那些来自天南海北，操着各地方言的人口若悬河地讲各地的风土人情，讲自己的种种艳遇或者故事。如今，我已不再关注那些旅游攻略，不再喜欢与陌生人闲谈，更在乎的是自己的内心，哪里风景美丽就停在哪里，可以一个人安静地看花开花落、云卷云舒，可以一个人在温柔的音乐和"海风"中静静睡去……

4

洱海知道，它送给每一个人的风，每一个人的雨，每一个人的阳光，每一个人的小鱼小虾都是一模一样的，但每一个人的感触不一样，天空之境照出来的只能是每一个人的喜怒哀乐。洱海里的那些枯木、那些石子是安静的，他们或许已经躺了许多许多年，忘记了时光，但时光却是属于他们的。

双廊与大理隔着洱海默默对望。但洱海无法隔离城乡，无法隔离现代与传统，无法隔离从此岸到彼岸的向往。这样的情景，让我一度想起自己曾经站在以色列特拉维夫市地中海沙滩上的情景：在夕阳里，古老的石头砌成的雅法古城与高楼林立的现代化城市特拉维夫形成鲜明的对比，而地中海沿岸的另一边则是战火纷纷的叙利亚，地中海的对岸，则是令人向往的发达的欧洲。在对岸的沙滩上，曾经躺着许多横渡地中海时遇难的难民尸体。我们是幸运的，站在洱海的边上，阳光与和平同在，浪花之中荡漾着欢声笑语。

其实，每个人的心里总是有一个彼岸，认为彼岸才是美好的去处。我们总是希望生活在别处，却忘记了当下，如何才能活得自在、随意。

2022年5月

二郎镇——时间
以酒与你相遇

1

夜郎容易自大。那就做二郎吧，二郎才能懂得谦逊。

但是到达二郎镇并不容易。在川黔两省交界之地，赤水河逶迤在崇山峻岭之间，流水很瘦，并不汹涌，清澈无赤色，据说要到夏季洪水从上游下来方能变赤。我也曾见过大雨之后的赤水河，河水浑黄，并不是想象中的赤色，可能与当时的自然环境有关。两岸山势陡峭，公路就蜿蜒在峭壁之下，百转千回，一直担心车顶随时会碰到岩壁。担心却是多余的。虽然一路畅通，但让人目眩甚至胃里翻江倒海。

举目四望，山坡上四季皆绿，愈发显得土地珍贵，边边角角，坡坡坎坎，除了能修房子的地方，都播种了豆角、玉米、空心菜……农作物繁多，但并不丰产。在二郎镇的菜市场上，菜摊的瓜果蔬菜皆显瘦弱，黄瓜短小，西红柿如小孩拳头大，豇豆弯曲。

赤水河是公平的：虽然不能让五谷丰登，却让红缨子高粱在这里一枝独秀；虽然不能让瓜香果甜，却把万般美好都赋予了两岸的酒香。从茅台镇到二郎镇到土城镇，赤水河不仅承载着"四渡赤水"的红色记忆，还承载着美酒河的盛誉。

这么远，这么偏僻。虽然如此，仍阻挡不住天南海北的人们暂别城市的繁华，奔赴赤水河左岸的二郎镇。二郎镇与贵州的习酒镇隔河相望，两岸的地形呈现盆地状，就像两只大手合并在一起要从赤水河里捧水一般，把这天地间的精华都给了酒。于是，在雾气缭绕之中，酒香弥漫于山谷之间，沁人心脾，让人清醒、愉悦地陶醉着。

2

郎酒庄园依着山坡而建，一步一景，在山野之间尽显精致，在偏远之处给予宁静。"呀，还有这么好的地方。"这样的惊喜，让人忘记了来时的车马劳顿，放下一身的疲倦。让人留恋的不仅是山庄，还有酒，来了就是为了品酒，酒才是最美好的东西。

酒是赤水河的水酿造的，原料就是赤水河两岸的红缨子高粱。这里的高粱不同于莫言笔下山东高密的红高粱，红缨子高粱更适合多次蒸煮，所以才有了"12987"的酱酒酿造工艺，也就是其生产周期为一年，要经过两次投料，九次蒸煮，八次发酵，七次取酒，之后要经过至少三年的封存储藏，再进行后续勾调。这九次蒸煮凸显出粮食在旧时的金贵，而在多次蒸煮之间，才发现了酱酒和酿造工艺的秘密。这样的工艺，得以延续至今，让我们在"各美其美，美美与共"之中，品尝和享受酱酒的独特之美。

郎酒庄园震撼人心的，不仅是那些别致的酒店，那些蒸汽袅袅的酿酒车间，那一个个千吨以上的储酒钢罐——现代化的设施设备是财力、物力、人力可以建造和堆砌成的——真正震撼人心的，是天宝洞、仁和洞里那有序的酒坛，他们就像我老家的兵马俑一般，矗立在这些天然的溶洞里，守护着时间，酝酿着美好。

打开一坛老酒，酒色清澈，透出微黄的光泽，酒香扑鼻而来，让人不忍吐气。好像时间就在这里停留，它以酒与你相遇。我想，对于时间而言，酒缸是时间的包容，酒苔是时间的沉淀，酒花是时间的绽放，酒香是时间的芬芳，酒色是时间的渲染。

3

"端午制曲，重阳下沙"，这是酱酒的生命周期。而郎酒则将酒的一生总结为"生、长、养、藏"，这不仅是从一粒高粱到一滴酒的变化，从生产车间到天宝洞的位置转移，更是时间的沉淀、嬗变和化蝶。

"生、长、养、藏"对应着四季——春生、夏长、秋收、冬藏，更像是我们的一生——出生后的幼稚懵懂，长大后的桀骜不驯，中年时的养精蓄锐，年老后的藏而不露。人生便是如此，我们逃不过自然的规律，也逃不过时间的规律。

把生命浪费在美好的事物上。爱情是美好的，友情是美好的，亲情是美好的。酒是美好的，在时间里慢慢酝酿。因此，酒也是时间的美好呈现，可以"对酒当歌，人生几何"，可以"酒逢知己千杯少"。酒也可以作为一面镜子，把丑陋、狰狞、痛苦展示得淋漓尽致，让人清醒时恨酒又迷恋酒，割舍不下。

2022年6月

苦荞花开的大凉山

1

春天是大凉山里种植苦荞的季节，每一颗种子落在泥土里，便是播下了彝族人的希望。

到了八九月份，遍布在山谷之间或是丘陵梯田的是一片一片的金黄——又到了苦荞收割的季节。在阳光的照耀下，勤劳的彝族同胞开始收割，将苦荞秆堆砌成一个又一个锥形小垛，就像在大地上挽起的非洲人头上的小发髻，到处都洋溢着收获的喜悦。

于我而言，大凉山最美的季节，则是六七月份苦荞花开的时候。我一直认为，大凉山最美的花一是索玛花（杜鹃花），一是苦荞花。苦荞花远远没有索玛花艳丽和妖娆，乃至于大凉山彝族选美最高的荣誉就是"金索玛"。苦荞花永远是开成一小朵一小朵的白色小花，有的甜荞品种则盛开着淡蓝色、淡黄色、淡粉色的小花，一小串一小串，盛开得如此朴素，几乎都被人遗忘。但是当大片的苦荞花连接在一起的时候，在阳光下就像落在山坳里的云朵，给大凉山增添了无限的生机。

对于大凉山的彝族人来说，谁都不会遗忘苦荞花，播种、开花、收获，苦荞成了彝族人最重要的物质食粮，也成为彝族人的精神食粮。彝族同胞有句谚语，"人类社会母亲为上，各类庄稼苦荞为上"，正是表达了彝族人对苦荞的情感。

这一如麦子对于北方、水稻对于江南，粮食成为地域文化、经济、社会发展的基石，更是凸显出人们的生存方式和价值取向、社会结构。

2

到大凉山做关于苦荞产业的田野调查，主要源于我参与的一个有关茶叶产业的课题。按理说，发展四川省的茶叶产业是不会涉及大凉山的，因为大凉山基本上不产出茶叶，但是缘何将其纳入课题的田野调查范围呢？

一般而言，我们根据茶叶的发酵程度，将茶叶分为六种，即绿茶、白茶、黄茶、红茶、青茶（乌龙茶）、黑茶。在这六种茶叶之外，我们还划分出了第七种茶叶，即"非茶之茶"，我将它定义为：以茶树之外其他植物的根茎、花瓣、果实、枝叶等作为原料，通过浸泡成为一种功能性茶饮。比如女性喜欢喝的桂圆花茶、玫瑰花茶，中年男性喜欢的红枣枸杞茶等。此外还有其他诸如葛根茶、苦荞茶、燕麦茶、菊花茶、赶黄草茶等。这些我们都称为茶饮，也就是"非茶之茶"。因此，作为苦荞茶盛产之地的大凉山，便被我们纳入了田野调查的范畴。

按照我们的课题研究成果，以四川的雅安市、宜宾市、广元市、西昌市四个城市分别为一个点进行连线，构成了一个菱形，我们命名为"中国名茶核心区"。在核心区内，有传统意义上的六种茶叶，也包括大凉山生产的"非茶之茶"——苦荞茶。"世界苦荞在中国，中国苦荞在凉山，凉山苦荞在美姑。"大凉山是世界苦荞麦的核心起源地，也是世界最大的苦荞麦种植中心、加工中心和交易中心。

因此，在我们的课题中，苦荞茶不仅仅是区域特产，更重要的是苦荞茶肩负着大凉山脱贫致富、乡村振兴的重担，成为大凉山彝族同胞发展经济、推动民族文化发展和繁荣的重要经济作物。

在此后的多次田野调查中，我行走了大凉山多个苦荞种植地区。我们欣喜地看到，诸多农业企业和资本，已经在当地开始了大规模的投资、建设，开发苦荞产业。一般而言，都是采取公司+协会+农户的方式大规模种植苦荞。因此，一方面苦荞成为助力当地彝族同胞脱贫致富、解决剩余劳动力最好的产业之一；另一方面苦荞的大规模科学种植，也改善了大小凉山的生态环境，践行着"绿水青山就是金山银山"的发展理念。

经过近几年的发展，大凉山苦荞产业不仅有诸多苦荞茶品牌脱颖而出，而且产品形态已经从苦荞茶延伸到了苦荞饼干、苦荞锅巴、苦荞沙琪玛、苦荞面条、苦荞醋、苦荞酒等系列产品。苦荞成为当前一种健康、有机、时尚的农副产品，为各地消费者所广泛接受和喜欢。

3

如今，当六七月份苦荞花开的时候，漫步在那些河谷里、梯田里、台地上的苦荞地，看着大片大片绿色的苦荞在大凉山贫瘠、荒凉的土地上肆意生长，看着那些朴素的小白花吸引着蜜蜂在这里忙碌采蜜，看着阳光里那些勤劳的披着查尔瓦（披风）的彝族人，就有一种欢喜的感觉。似乎在每一朵苦荞花里，都盛开着彝族人的梦想，寄托着彝族人的精神和灵魂。

有时候，看着大凉山的苦荞地，我想起在黄土高原陕北看到的荞麦地（主要以甜荞为主），似乎有一种穿越时空的感觉。但这里与黄土高原的雄浑、宽广、粗犷又不一样，这里的大山更为陡峭，或者是更为秀丽。相同的是，荞麦滋养着彝族人民，也滋养着黄土高原上的西北汉子们。

每当在彝族朋友家里做客，在盛着香喷喷的坨坨肉的大铁锅里，总是少不了贴在锅边上的苦荞粑粑。对于厌倦了各种大小宴请的我们而言，作为粗粮的苦荞粑粑，吃起来有着特别的香甜和嚼

劲，我更是从苦荞粑粑里咀嚼出了彝族人的热情、乐观和彝族人饱
经沧桑的岁月。

吃着苦荞粑粑，喝起苞谷酒，听一听这首彝族人口口相传的
《苦荞之歌》，便会感觉到再艰苦的生活，再贫瘠的土地，再陡峭
的大山，都孕育着苦荞花开的美好和希望。

在那纳古衣达，苦荞撒下地，生长绿油油，荞叶似斗
笠，结粒沉甸甸，荞籽堆成山。

老人吃了焕发青春，小孩吃了美丽健长。小伙子吃进
手里，动手如刀；吃进脚里，走路如飞。

姑娘吃进双眼，眼睛明亮有神；吃进头发，头发黑又
长；吃进手里，指如嫩笋；吃进腰身，腰身如柳枝，容貌
好似油菜花，醉迷多少男人心。

荞啊荞，彝区之荞，养育之荞，健美之荞。

2014年8月

回到拉萨回到布达拉

1

"回到拉萨，回到布达拉！"去往拉萨的路上，伴随着同行伙伴热情的歌声。或许，这正道出了我的心思——此行不是去拉萨，而是回到拉萨，回到我魂牵梦绕的拉萨，或许正如佛语所云，这是一种还愿，而我终于回来了。

历经一路的坎坷和艰难，此时此刻"回"到拉萨的道路平坦而顺畅。沿着雅鲁藏布江的支流尼羊河河谷一路上行，公路夹在险峻的山谷之间，风光秀丽。经过工布江达，翻过米拉山口，沿着美丽富庶的拉萨河谷继续西行，经过墨竹工卡、达孜等地，大山已经没有了来时路上的险峻，视野也越来越开阔，沿途可以看到河谷里散布着的大小湖泊，被一条安静流淌的河流串联起来，如同一串碧绿的玉珠项链。在那些大小湖泊之间的草地上，牛羊马群都在安静、闲适地踱步吃草、打滚，在这阳光普照的地方，原来牲灵也可以活得这么自由自在。

转过一个弯，远远地，就可以望见那座圣城了，布达拉宫在阳光和高远的蓝天里显得更加高大雄伟、巍峨壮观。车里的年轻人和老人，此刻都激动起来，一扫此前长途旅行的沉闷和疲倦，或是欢呼雀跃，或是喃喃地念着经文。当我呆呆地靠在窗户上，看着窗外一闪而过的牦牛群，看着那似乎近在咫尺的布达拉宫，眼泪不知不觉地流淌下来。直到旁边坐着的小伙伴阿妞递了一张纸巾，我才恍然清醒过来。

车子跨过拉萨河，进入城区，进入那些矗立着由砖石砌成的藏式房子的大街小巷。门口坐着的那些老阿妈们，悠然地转动着转经筒，脚下卧着小狗或是小猫。路边的各种芍药、格桑花等兀自开放，然后你在心里就觉得这一切真是多么的惬意而美好。

2

我放下行李，第一件事情就是去瞻仰布达拉宫，这也是我回到拉萨的夙愿。沿着北京路走下去，布达拉宫看着不远，但走了许久才到近前，或许这是我这2400多公里的"朝圣"之路的最后一点磨炼。站在宫殿前方的广场上，就可以仰望沐浴在晚霞中的布达拉宫，有一种震撼的感觉涌入人的内心。我呆呆地站立在晚霞里，看那些从身边匆匆而过的转经人，看那些在广场上朝着布达拉宫风尘仆仆磕长头的朝拜者。脚下的石板光滑而质朴，承受着万万千千的脚步、膝盖，倾听着祈祷、祝福、忏悔。

趁着时间还早，我和阿妞商量着一起上布达拉宫看看，以了却我们此行的心愿。但是当我走到售票窗口的时候，再次仰望眼前的布达拉宫，内心有种不一样的感觉：走了那么远的路，承受了那么多的艰难，就这样简单地以一次走马观花的参观来终结吗？就好像自己精心呵护许久的那种美好被打破了。

于是，我和阿妞商量，我们把布达拉宫作为这次旅程的一个节点，而不是终点。我们没有去买票参观，而是让这份美好保留在内心。其实，那时候我更想告诉同行伙伴阿妞的是，等有机会我们下一次再回拉萨，再看看布达拉宫。

想起仓央嘉措（1683.3.1—1706.11.15）写过这样一首诗歌：

　　那一天
　　我闭目在经殿的香雾中
　　蓦然听见你诵经中的真言

　　那一月
　　我摇动所有的经筒，不为超度
　　只为触摸你的指尖

那一年
磕长头匍匐在山路，不为觐见
只为贴着你的温暖

那一世
转山转水转佛塔，不为修来世
只为途中与你相见

那一夜
我听了一宿梵唱，不为参悟
只为寻你的一丝气息
…………

　　或许这就是我们此行的感悟，这一路的艰难与期盼，只是为了在红尘中与你相遇，但我不愿意如此风轻云淡地看一眼就匆匆别离。

　　同时，我更想把这首诗读给阿妞听，感谢上苍安排我们相遇。相遇，就是一种美好，就是一种温暖，就是一种等待了多年的期盼。就像仓央嘉措在他诗里所言："蜂儿生得太早，花儿又开得迟了。缘分浅薄的情人啊，相逢实在太晚了。"而我不知道，拉萨会不会就是我们今生的终点，我们未来能否在这红尘里，一路形影不离，闻到彼此的呼吸。

当我们跟随着攘攘的人群，一起顺时针沿着布达拉宫脚下的石板路转经，我们感觉自己在继续守护这份美好。耳边只有念经声和走路声。脚下的路不知道有多少人曾经走过，他们是否把自己今生的负累和冤孽置放在这转经的路上，他们是否把自己美好的祈愿和祝福带回了故乡，与亲人朋友一起分享？

3

喜欢旅游的人，总爱背了行囊，一直走下去，走到天涯，走到海角。而布达拉宫就是我们内心深处的另外一个天涯海角，就是我们的远方。

记得第一次去海南的天涯海角，同行的一些朋友到了门口却拒绝进去，他们内心有着一种忌讳：年纪轻轻的，人生的路还长着呢，怎么能去"天涯海角"？尤其那些身在仕途的人更忌讳说天涯海角，似乎担心到了那里，这仕途就此终结了。

其实，这只是人内心的一个结而已。天涯在什么地方？海角又在什么地方？恐怕我们穷其一生都无法走到。只是当海南三亚真的有这么一个景点的时候，人的内心就抵达那里，给天涯海角确定了一个坐标，怕走到这里就真的是人生之路的尽头。

对于布达拉宫，我只是想留一个遗憾在这里。我想留点遗憾，好让我找个理由下次再来，这也算是一种自我的修炼。

或许，下一次我一样不会走上布达拉宫，这是遗憾，更是对布达拉宫最圣洁、最完美的守护和怀念。

2021年6月
节选自作者长篇小说《小姨阿妞》

随想

威尔·鲍温（Will Bowen）在《不抱怨的世界》一书中，认为抱怨是非常消耗能量的一件事。为此，他将天下事分为三种：我的事，他的事，老天的事。抱怨自己的人，应该试着学习接纳自己；抱怨他人的人，应该试着把抱怨转成请求；抱怨老天的人，请试着用祈祷的方式来表达你的愿望。

抱怨是一种传染病

1

最近，颈椎间盘突出压迫到神经，导致整个左臂疼痛麻木，甚至指尖都有麻木感，摸啥都觉得戴着手套一般。以往都是到小区楼下的中医馆简单扎针理疗几次就恢复了，而这次实在是坚持不下来，只有选择住院。

人都说钱难挣，挣了钱却大把大把地往医院送，心疼是心疼，却劝诫自己说，身体是革命的本钱，身体好了还愁挣不来钱呀。但是人再硬气都没有用，身体才是诚实的，饿了会去餐馆，病了会去药房或者医院。

医院里的治理方式是中西医结合，上午输液消炎，下午中医理疗。医院里的中医理疗，远比楼下中医馆的要丰富得多，烟熏火燎，加上电击、蒸汽喷，如同走进刑场一般，意志不坚定的人过不了多久就要"招供"。因此，随时可以听到理疗室里此起彼伏的声音："王老师，8号床完了。""张老师，我完了，我完了。"成都人喜欢称医生为老师，看病不说看病而说看老师。老师来了就开玩笑说："你没有完我也没有完，日子长着呢，都好好的。"

理疗室里总计四个老师：两个主治医生都是女性，姓王的五十出头，姓张的四十出头；另外两个是助手，都是"90后"小伙子，一个高个子一个矮个子。四个人会分组调班，因此我住院的十来天总是遇到不同的搭班，也慢慢地熟悉了这个理疗室种种不同的场景。

2

王老师年纪大，性子急，爱叨叨，爱抱怨，甚至看啥都不顺眼。因此，只要王老师在理疗室，大家就可以听到她的高喉咙大嗓音：喊你把鞋子脱了，你咋个穿着鞋上床？你在你家里也是穿着鞋子上床哇？一天这么忙，工资才那么点点，咋个过嘛？我是这里的医生又不是勤杂工，既要扎针又要打扫卫生，凭啥子？今天食堂吃的啥子饭？说是魔芋烧鸭子却只有魔芋，鸭子飞了吗？……我注意了一下，她大多数时候的抱怨都是以反问或者自问自答的方式进行的，声音随时在理疗室里震荡、盘旋，一句话还没有散去，下一句就已经来了。

跟着王老师的助理，大多数时候是那个高个小伙子。高个子或许耳濡目染，也跟着王老师学会了抱怨，尤其是人少的时候。抱怨最多的是工资低，自己不得不下班后去打另外一份零工，很是辛苦；此外就是食堂的饭食太难吃，几乎每天都是如此，肉少，油少，寡淡；或者是医院安排的活路太多，不仅要忙理疗室的，有时候还需要调班到医院大门口执勤，一天下来无聊而且烦琐。

王老师一组在的时候，理疗室往往也是一片嘈杂，抱怨之声蔓延开来：隔壁床上扎针打电话的男人骂骂唧唧，为几百块的事情和朋友争吵不休；坐着喷药物蒸汽的老人不是抱怨儿媳妇，就是抱怨今天菜市场菜涨价了，包子里没有肉。弄得我躺在理疗床上都想抱怨，媳妇一天到晚忙着出差，我躺在这里没有人管，回去还要照顾俩孩子，单位工作又一大堆，这个月工资系数还要打0.9。如此种种，内心里充满了负能量，烦恼一直窝在心里久久不去。

我喜欢张老师值班。她不在门诊的时候，就会到理疗室里来，轻声细语给病人说话：你把衣服还是盖在肚子上，免得着凉了。你觉得这个烤灯热不热？热了我就抬高一点。这个喷雾温度高，不要烫了你，头上要不要带个头套？她一边说话一边把前面患者随意放的枕头呀、毯子呀折叠好，顺手放在理疗床头，或者把病人不小心掉在地上的纸呀、膏药呀捡起来丢到旁边的垃圾桶里。跟着张老师的矮个助理，也同样做事情默不作声，患者有问必答，而我几乎没有听过张老师和矮个助理的抱怨。

最让人心宽的是，只要张老师值班，理疗室里一般都很安静，包括来陪着老人理疗的家属说话都压低了声音。因此，我在理疗床上扎针的时候，就听听歌曲；坐着喷雾的时候，我就阅读一会儿余秀华的散文集《无端喜欢》。张老师会走过来把我的书往上拉一拉，说我已经是颈椎间盘突出了，不要老低着头看书，尽量举高一点看。

我问张老师："你每天这么忙，怎么还这么有耐心？"张老师说："医生嘛，就是要给患者做好服务。"我又问："你这么忙平时不锻炼啊？"张老师说："锻炼啊，每天在这么大个理疗室可以走两万步，你看我咋个能胖得起来！"然后用双手掐住白大褂，果然是细腰。这话让我吃惊，我之前每天晚上沿着河边散步，感觉走了那么久，走得脚疼腿软，回去一看才一万步左右。但张老师在这120平方米左右的理疗室，一天就可以走两万步，这不得把人转晕呀。

3

对比一下张老师和王老师的工作心态、生活方式，我就越发感觉到抱怨真的是一种传染病，在医院里传染给患者、同事，在家里传染给孩子、爱人，甚至一路传染下去。或许爱抱怨的王老师的性格天然如此，并未在意她的抱怨所带来的影响甚至是危害，但抱怨着实成了理疗室里漂浮的"病毒"，传播的速度和波及范围几乎与奥密克戎不相上下。但张老师带给病患的是一个不抱怨的世界，它是宁静、祥和、温馨的，在治愈病症的同时或许能治愈心理。

记得多年前和文殊院的方丈宗性大和尚聊天，他说："佛教的修行就是要你掌握自己的情绪，使情绪永远处于平和、包容和慈悲的状态。"他认为情绪管理才是很多人成功的关键之一。"目前，一些社会上的CEO培训都是教人怎么管钱，怎么管人，但是我觉得应该办个教人管理情绪的培训班。如果你能做一个管理情绪的总裁，那才是高手。"

那时候年龄还小，阅历不足，尚不能准确理解情绪管理对生活、对工作的影响力。抱怨就像自己在阳光里的影子一般，开车抱怨红灯慢道路窄汽车多，吃饭抱怨饭馆嘈杂盐淡了或重了，回家抱怨孩子把玩具丢得到处都是而媳妇又不收拾，单位里抱怨光是安排加班不涨工资，迟到了却扣得多……从鸡毛蒜皮到一座城市到整个社会，到处都是抱怨的对象。

过了不惑之年，才发现，自己曾经发过的那些脾气，曾经对家人对同事的那些抱怨，都是一把利剑，自己虽然在情绪上有了发泄，但是刺伤了亲人、朋友，更错过了许多美丽的风景和温馨的时刻。他们却是大度的，能够理解我，容忍我，包容我。虽然我还无法达到"胸有激雷而面如平湖者，可拜上将军"的境界，但是我终于学会了珍惜家人、朋友，学会了如何让自己的情绪平和、心态平稳。

威尔·鲍温（Will Bowen）在《不抱怨的世界》一书中，认为抱怨是非常消耗能量的一件事。为此，他将天下事分为三种：我的事，他的事，老天的事。抱怨自己的人，应该试着学习接纳自己；抱怨他人的人，应该试着把抱怨转成请求；抱怨老天的人，请试着用祈祷的方式来表达你的愿望。这样一来，你的生活会有想象不到的大转变，你的人生也会更加美好、圆满。

2022年5月

挣钱，就是「吃票子」的事

1

"兄弟伙，走，吃票子的事！"在成都，说这话的要么是真的兄弟伙，舍得喊你一起去"吃票子"；要么就是"假打"，忽悠你的，喊你去是想让你当冤大头。

"吃票子"指的是挣钱、赚钱。在成都这个城市，没有什么是不能和美食联系起来的，包括挣钱这个事情，好像是去奔赴一场宴会，到了地方不仅可以连吃带拿，而且还可以挣钱，天底下居然有这么美的事情。或许这与成都自古是天府之国有关，物产丰富，挣钱容易，才让人"少不入川，老不离蜀"。

实际上，"吃票子"在以前的成都语言系统里有点贬义，意思是挣了不该挣的钱，有点吃回扣的意味。此外成都人也喜欢说

"吃欺头"，实际上说的是占小便宜。现在，"吃票子"已经彻底演化为挣钱、捞金、分红。但是到底能不能和兄弟伙一起去"吃票子"，因人而异，去之前用脑子想一下，凭什么这么美的事情能落到你的头上。

　　挣钱这个事情和"吃"能挂上钩的，还有广东。因为天上地下，除了长翅膀的飞机不能吃，四条腿的桌子不能吃，广东人把什么都可以放进食谱里。所以，在广东人看来，挣钱这事就是"揾食"，揾在粤语里有找的意思，钞票就是食物，因此揾食也就是找口饭吃的意思。过日子嘛，不外乎如此，无论挣大钱还是小钱，揾食而已，心态要平稳。但是广东人也喜欢说："捱到金睛火眼，仲不是为咗揾食！"（眼睛都熬红了，还不是因为工作的缘故）说明广东人还是能够吃苦，"揾食"也是一件不容易的事情。

　　即使如此，广东人对财富的渴望也令人着迷。比如"盆满钵满"这成语，就是南方方言，尤其在粤东和广州地区比较常用，挣钱一定要把盆和钵都装满，就像我们拿出一张银行卡豪横地说："来，把钱充满。"广州的包租婆和包租公很多，对于他们而言，早就赚得"盆满钵满"，"揾食"成为一种简单、朴素的生活方式。

2

　　对于贵州人来说，挣钱这个事情称为"找钱"，但是他们不像广东人那样"揾"得轻松，而是找得很艰苦和辛酸。贵州"天无三日晴，地无三尺平"，土地里吃的都扒拉不出来，何况挣钱？那只有到处"找钱"，但这个"找钱"不是躲猫猫，而是需要花力气和智慧去找，到底有多么辛苦，听贵州伤感山歌《含着眼泪去找钱》唱的："正月里来是新春，有心去把钱来找，不知该往哪处去，站在原地好忧愁。"

对于云南人来说，无论"揾食"还是"找钱"，都太简单了。云南人把挣钱说成"苦钱"，这个钱是苦出来的，因为以前的底层百姓要走马帮，走茶马古道，风里来雨里去，还要把脑袋随时别在裤腰上，可想而知得有多苦。其实，在云南大理洱海边的白族人民、丽江的纳西族人民，自古就会做生意，而且日子过得富足，这个苦也是值得的。

在我的记忆里，母亲在前些年日子过得艰难而拮据的时候，就多次告诫我说"屎难吃，钱难挣"，虽然有些粗俗，但道理正确，背后更是一种心酸和无奈。关中平原，虽然是陕西的白菜心，五谷皆有但很难丰登，吃饱肚子没有问题，但是要想过上富足的日子还得想办法挣钱。"挣"字怎么写？用勤劳的双手去争取呀，争的不仅是钱，争的还是一口气，是一家人的希望。

3

挣钱轻松的是浙江人，他们称之为"蹭铜钿""蹭铜板"。虽然铜钿、铜板作为古代钱币，很重也不方便携带，但是浙江人通过

"蹭"一下就把钱挣到手了。"上有天堂，下有苏杭"，显然自古以来，富庶的江南让老百姓感觉挣钱很容易，真正的藏富于民，无论是周庄还是乌镇、南浔的豪门大院，都可窥见一斑。此外，在浙江一些地方的方言里，蹭音和秤音接近，因此也有"秤铜钿""秤铜板"之说，这也凸显出浙江自古商业发达，以秤为准的商业诚信和文明。

4

挣钱这事说得最豪迈的还是重庆，重庆人称之为"搞钱"。随便找一篇文章，标题为《100万重庆年轻人为钱焦虑：建议下班搞钱》，这规模、这气势都不一般。搞钱主要源于山城重庆自古是码头文化，一个"搞"字充满了江湖味道，搞得到搞不到，关键在于怎么搞，或许当年很多袍哥"搞钱"的手段都不一般，风险也很大。

在东北，有一句俗语是"男人搂钱耙，女人装钱匣"，或者"男人是搂钱的耙子，女人是装钱的匣子"。这是对挣钱的明确分工，男人负责在外面用耙子搂钱，女人负责在家管钱。男人搂钱的工具远比重庆人豪迈，一个耙子，伸得远搂得勤。当然，我老家陕西关中也说这句话，但是后面还有一句"不怕耙子无齿儿，就怕匣子无底儿"，说的是女人要当好家，要不然男人再累再忙都是徒劳一场。

5

当然，挣钱的门道很多。古人说，"赚熟人钱，吃生人饭"，从字面意思上理解，做生意要善于赚身边熟人的钱，但是靠陌生人来吃饭。这里说的熟人是指他们给的人情，常照顾你生意，而不是像我们今天所说的专烧熟人（使用不正当手段专门对待熟人）、坑熟人；靠生人吃饭，实际上是指靠个人的诚信，靠口碑相传，做生意方能长久。

我老家是商鞅变法发生地，至于商鞅发扬法家思想等都是其次，关键在于商鞅第一次梳理了"信"的文化：徙木立信，用一根木头竖起了中国人的诚信文化、中国商业的诚信根基。所以，挣钱多不多、累不累，都要以诚信为本。那根木头虽然早已腐朽，诚信却铭刻于历史的丰碑，屹立不倒。

2022年8月

吃黄桃罐头的情怀

1

"你根本不懂黄桃罐头!"在线上,网民留言怒怼(duǐ,顶撞)的是某黄桃罐头品牌商。

事情的起因,是该品牌商面对人们抢购黄桃罐头的情景,不得不发文辟谣——"黄桃罐头本身没有任何药效作用",并劝网友们理性囤货,不要盲目跟从。

确实,黄桃罐头不是连花清瘟胶囊,也不是布洛芬片剂。但是黄桃罐头的魔力,却是这些药物根本无法比拟的。当然,不懂黄桃罐头的还有南方人,就像南方人不明白为什么在北方菜市场买葱非得买一大捆,北方人不明白为什么在南方菜市场买菜可以送根葱且还帮忙削土豆皮。

2

在儿时的记忆里，黄桃罐头，不，还包括橘子罐头、苹果罐头、菠萝罐头等，凡是装着水果的罐头，那都是人间美味。尤其在你感冒发烧生病，"奄奄一息"地躺在床上，嘴里哼哼唧唧，感觉吃啥都没有味道的时候，家人或者亲戚来探望你，一瓶水果罐头就可以让灰暗的眼睛熠熠发光，疲倦的身体活力四射。

打开罐头，吞咽口水的节奏会从喉结滑落到胃部，再上升到头部，如此循环。肯定是舍不得一次性抱着罐头瓶开吃的，那得是多么奢侈和浪费的事情。一般父母会拿一个小碗，舀出来一块黄桃——一般一瓶只有六七块黄桃——还要用勺子再切分几块出来。但吃罐头的精髓是喝罐头水，甜而不腻，顺滑如丝，淡淡果香，回味悠长！可以说，在我喝过的糖水中——包括蜂蜜水、白糖水和早已停用的糖精水等——只有罐头水是最好喝的。与如今所喝的高端酱酒相比，只有没有酱香味，我可以把罐头水喝得比茅台还优雅！

这就是20世纪80年代初到90年代末的深刻记忆，父母一辈可以倒推到50年代到70年代。对于北方而言，漫长的冬天不仅没有新鲜的水果，就连大白菜、白萝卜的供应都是问题。因此，能在逢年过节尤其生病的时候吃上一口黄桃罐头，那简直就是一种享受。当然，黄桃罐头当年的流行，一方面是因为桃子代表长寿，另一方面黄桃罐头好像比橘子罐头等味道更脆爽一点、好吃一点。

但是对于南方人来说，一年四季都有各种新鲜水果，蔬菜也是新鲜菜，自然不了解冬天要储存一大堆大白菜、白萝卜、土豆、洋葱的意义和感觉。气候与地理的分界线，自然成了黄桃罐头们难以逾越的界线，长江以南的罐头市场一直是不温不火。

3

如今，当黄桃罐头和连花清瘟胶囊一样，成为抢购物资，冲上热搜的时候，很多人会问：现在还有人吃罐头？甚至年轻一代会问：黄桃罐头是啥？有一次我和小女儿在转超市的时候，她就问我为什么要把水果装在瓶子里？买回家给孩子尝了一下，说不好吃，糖水也太甜了。自己更是如此，再也找不到当年吃罐头的感觉，更别说喝罐头水，本来血糖就已经很高了，现在只能谨遵医嘱。

现在人们吃的不再是黄桃罐头，而是一种情怀。现在南北方、国内外新鲜水果同季上市，加上人们健康理念的升级，什么都讲究低糖、低脂，讲究新鲜，因此黄桃罐头们的市场已然很难实现突围。当水果被囚禁在瓶子里，我们消费的欲望也将大打折扣。

实际上，经过200多年的技术更替，罐头已经成为国际上主流的食品之一，尤其是欧美国家，饮食结构决定了各类蔬菜、果肉罐头成为主流的消费。疫情防控期间，罐头成为欧美很多家庭的主要食品之一。根据尼尔森数据，2020年美国肉类、鹰嘴豆、吞拿鱼罐头的销量同比增长了31.8%、25.6%、24.9%；德国罐装蔬菜的销售量大涨80%，水果罐头也涨了70%。

显然，在我国的罐头领域，大家只是将情怀放在水果罐头里面，消费蔬菜罐头、肉类罐头等习惯还没有培育起来。现在，年轻人关注的罐头是猫粮、狗粮罐头，毕竟"年纪轻轻，猫狗双全"，那才是他们的生活。但是很多罐头企业都已经在进行产品创新，研发更符合年轻人消费习惯的罐头产品和更多的品类，如水果酸奶罐头、水果沙拉代餐罐头等，挖掘罐头市场的消费潜力。

类似产品还有汽水。这两年，原盛行于宁夏、内蒙古的大窑汽水，开始向全国扩张。作为老牌汽水企业，它一方面主打怀旧牌营销，一方面面向年轻人进行创新，竞夺线上线下全渠道。今年夏天，我也网购了一箱，喝了一半就不喝了，情怀是有，但是汽水甜得腻人。如果汽水没有这么甜，消费者又很难找回"儿时的记忆"。显然，包括北冰洋、汉口二厂等老牌汽水，真的要重出江湖，争夺老消费者和年轻消费者，都是不容易的事情。

如今，一代人的童年记忆已经愈行愈远。我们只能在国潮风里，寻找当初衣食住行的点滴回忆。黄桃罐头有没有药效，谁心里都清清楚楚，我们只是希望通过一瓶黄桃罐头"桃（逃）过疫情"，这才是最美好的期望。

2022年12月

梦境困局：在高考失利中徘徊

1

奔忙了一个晚上，真累，虽然是在梦里。

梦中的情景，是我和远在千里之外的郑州同事——男性同事——居然成了高中同学，当然，这个梦要叙述的也不是青梅竹马的故事，而是因为高考失利，人生灰暗的悲惨世界。

在梦里，经过一场紧张的高考，我们终于等到了放榜公布成绩的日子。一查，我仅仅考了210分，男同事（同学）却考了490分。得知分数的那一瞬间，我顿时觉得未来崩塌了，人生灰暗了。我在一条河（好像是故乡的石川河，又像成都的锦江）岸边歇斯底里地哭泣，然后一路狂奔，不知道要跑向哪里，累得气喘吁吁。第二天，我给同事说了梦里的事情，同事笑着说不中不中，490分在大河南没有用，上不到啥学校。

我不明白，为什么我如此努力，却只考了210分，不应该呀，我记得答题的内容都是正确的呀。在梦里，我把这个事情给我媳妇说了，我媳妇安慰我说："算了，考不上就考不上，回家我养你。"我的人生一下子敞亮起来，原来我是一个吃软饭的。

虽然梦境充满了戏剧化的元素，我的真实高考经历也是一次性考上大学，并没有补习，但是高考失利的遭遇，这么多年曾经多次出现在我的梦里，好像我就是一个囚徒一般，在这个梦里徘徊，走不出来。

弗洛伊德在《梦的解析》中，第一次告诉充满疑惑的人们：梦是一个人与自己内心的真实对话，是自己向自己学习的过程，是另外一个与自己息息相关的人生。

晚上孩子放学回家，给我哭诉，说最近学习压力太大了。孩子即将中考，一心想考上心仪的高中，但感觉自己力不从心，成绩提不上去，波动大。我只能劝慰孩子："只要你觉得自己努力过就行了，今天的努力，就是为了在明天遇见更美好的自己。"

回想我的中学时代，并没有喝过这样浓烈的心灵鸡汤。那时候我只能一个劲地给自己鼓劲打气：好好学习，争取以后不收麦子、不戳牛勾子、不拉架架车，想吃羊肉泡馍的时候就吃羊肉泡馍，想吃肉夹馍的时候就吃肉夹馍，还可以再加一碗凉皮。当然，那时候我更是怀揣着文学梦，想着以后学路遥、学陈忠实当作家。后来，到了大学毕业才清楚文学梦是如此不堪一击。

2

历经艰苦的6年中学生活，我终于考上了远在成都的一所大学，而全班当时考上大学的也只有两个学生。那时候，让我号啕大哭的不是拿到大学录取通知书的那一刻，而是我去区上的粮食局办理农转非户口的那一刻，那意味着，我吃上商品粮了。谁能想到风水轮流转，今天的农村户口很是金贵，而且考上大学的农村孩子也不愿意将农村户口迁到城里，除非以后为了孩子在城里读书而迫不得已。

这样的情感，不是对土地、对农民身份的厌恶，而是对城市、对城市文明的向往和憧憬。在作家路遥的小说里，《人生》中的高加林、《平凡的世界》中的孙少平都是如此，他们渴望能够摆脱土地、摆脱农民身份，在城市的大舞台实现自己的价值和梦想。在20世纪末，城乡之间形成的巨大鸿沟，被撕裂的不仅是财富，还有文明。

"我娃终于考上大学了，我娃争气了。"这是母亲在我考上大学之后的感叹。

考上大学的不易，让我加倍珍惜今天的生活，我害怕失去这一切，而害怕的节点就是高考。每一年高考前后，我就会忆起自己当年参加高考的情景，更多的时候是在梦里重现，尤其是生活、工作压力大，状态不好的时候，梦见的情景就是高考失利后的种种痛苦不堪，甚至于梦见过自己都大学毕业了，找不到工作又回去重新参加高考。考不上，就补习，补习一年又一年。高考在梦境里成为煎熬，梦境则成为我的困境，徘徊、再徘徊，找不到方向和出口。

3

回到孩子的话题，她说现在班级里同学间竞争大。而我们在单位、在社会上又何尝不是？担心无法晋升，担心工资不涨，担心失去工作，担心生病住院……于是各种焦虑、各种抱怨、各种叹息充斥朋友圈，朋友圈就成为现实里的梦境，我们被困在里面徘徊再徘徊，找不到方向和出口。

找不到方向和出口，我觉得我应该学会自我对话和减压。虽然今天遇见的自己并不是以前想象中那般美好，甚至活成了自己讨厌的样子，但是我努力过，在我青春的时候，那是照耀我一生的亮光。

2022年4月

兴趣班难题：成就孩子还是成就自我？

1

历经9月份的居家静态管理后，两个孩子开学了，家里也清静下来。

随着线下培训的开始，我也开始给孩子寻找兴趣班。

回顾了一下，大女儿的兴趣班，基本上根据学习的繁忙程度、兴趣的衰减模式，第一阶段终结于小学一年级，第二阶段终结于初中一年级，第三阶段终结于初中三年级。有了老大的前车之鉴，我给二女儿找兴趣班时就有了参考标准，以免重蹈覆辙。

老大此前上的兴趣班很多，尤其是音乐，包括架子鼓、小提琴、演唱。这样的选择，一方面是因为作为父母的我们五音不全，去KTV都是歇斯底里地瞎吼，硬是在歌厅唱出了在陕北高原唱信天游的感觉。记得多年前看一部电影《我的兄弟姐妹》，崔健在里面客串一名小学老师，他郑重地说了一句台词："音乐可以洗涤人的灵魂。"既然我洗涤不出来，就让孩子去洗涤吧。

孩子的母亲首先选择了小提琴，或许在她心里做一个小提琴手或者音乐家是一件多么浪漫的事情。弦乐听起来很美，其实最难习得，练习起来才知道多么痛苦：站在那里，歪着脑袋夹着小提琴，手作拉弦姿势，一站就是半个小时。孩子经常站着站着就哭，说胳膊累而且酸痛。等坚持下来，家里就响彻拉锯子的声音："吱呀吱呀……"我当时在街边看人家弹棉花，都觉得弹棉花的声音是多么美妙。后来的结果是小提琴被孩子妈妈摔烂了一把，家里遗留了一把作为藏品。我还没有听到孩子拉一首完整的曲子，小提琴家的梦想就戛然而止。当然，面对今天长到一米七四大高个的女儿，我都无法想象，她脖子上夹个小提琴，像不像夹了个柴火棒。

作为一个伪摇滚青年，我带孩子选择的乐器是架子鼓，想象女儿长大后，留着长发，敲着架子鼓，是多么酷的一件事情。学起来后，才发现这是多么蠢的一个决定：五六千块钱买了一套架子鼓，摆在家里阳台上占地方不说，一练起来震耳欲聋，楼上楼下经常会歇斯底里地抗议；那就只能在音乐室练习，一个星期去一次，每次150元，虽然半堂课都在温习上一次学的内容，但孩子还是找不到音乐感觉，最后勉强能敲一遍《光辉岁月》的伴奏。后来搬家，加上孩子课业繁忙，音乐兴趣班也就此画上了句号。对于占地方的那套架子鼓，我只有送了朋友，还落个人情。偶然发现架子鼓棒遗留在家，成为收拾（管教、惩罚）老二的最佳工具。当然，老大在此期间还学习过演唱技法，结果去了几次，兴趣班的老板跑路了，我和孩子提起这事笑得都要喷饭。

老大坚持得比较久的是舞蹈和画画。舞蹈一直学到小学毕业，五六年间参加了多场舞蹈比赛，获得各种团体舞蹈奖状，考过了中国舞蹈家协会组织的社会艺考舞蹈八级。但是对于现在热衷当吃货的大女儿而言，下个腰比吃烧烤难多了，她的兴趣已经完全投入烟火气息里。画画一直坚持至今，而且素描不错，获得了艺考素描九级（最高级），参加中考时艺考还取得了优异的成绩。

当然，现在上高一的大女儿已经距离课外兴趣班越来越远，我们当初想要补偿自己人生遗憾的梦想，在老大的身上也一一落空。这就像我们自己不行，总想下个蛋，孵化出一只能翱翔长空的鹰隼，却忘记了自己是一只母鸡而已。

2

时间过得真快，二女儿已经在幼儿园里培养她的各种兴趣，回到家还要进行各种实践：画一幅画作为妈妈的生日礼物；弄点肥皂水说可以擦被蚊子咬出来的包包；给碗里倒水加盐进去，制作成"海水"，看玩具恐龙能不能漂起来……这完全是充电二十分钟折腾四五个小时的节奏，对啥都是兴趣盎然。

但是说起让她选个兴趣班，带到音乐教室看人家打架子鼓、弹钢琴、拉二胡，一问一个摇头，只有作罢，我也折腾不起来了。去学英语吧，两年时间了，26个英文字母至今发音不标准，"苹果""香蕉"——还是能蹦出来十几个单词，我也不能勉强，毕竟我在这个城市生活20多年，连成都话都说不好。好在二女儿和她姐姐一样，都喜欢画画，不仅在学校里面学，而且最近在外面报了个画画的兴趣班。没有想过他们能够成名成家，或许多条生存的路子呢。

3

我们还有梦想，梦想住大房子、开豪车，父母孩子都身体健康，工作顺利，能继续寻找诗和远方。但这样的梦想又过于沉重，我们总想给孩子最好的，让他们不再受我们当初受的苦，让他们不再重蹈我们的覆辙。于是就有了各种兴趣班这样的速成孵化器，甚至于想象这孵化器和老式的爆米花机器一样多好，将玉米粒放进去，加热加压，爆出来就是一大盆。当然，这只是想象，实际操作就是揠苗助长，放学或者假期，我们的生活乐趣和方向就是穿梭于各种兴趣班，让孩子为了我们曾经的梦想不断追逐和竞争。

受疫情的影响，各种线下培训时断时续，即使如此也没有阻断家长对兴趣班的强烈兴趣呢。孩子们对什么感兴趣呢？记得多年前采访过一个成都小伙子，就是被誉为"中国蝴蝶王子"的成都华希昆虫博物馆馆长赵力。回忆起他为什么要从事这个领域，他说自己小时候喜欢玩毛毛虫，母亲开始比较反对，他父亲说孩子喜欢玩就让他玩吧，结果玩出来一个蝴蝶专家，毛毛虫破茧成蝶。跟着赵力玩毛毛虫的妹妹，后来也成了一个昆虫学家。

　　正写着，二女儿从幼儿园回来，带了数学探究的兴趣书。她按照图片规律填充颜色，结果填错了，哭了半天鼻子。这才是开始，此条道路其实也充满崎岖，就像赵力，在丛林里寻找蝴蝶标本，在未知里依然荆棘丛生，充满挑战。

2022年9月

写给『5·12』：有一种
疼痛叫无能为力

1

"光阴似箭，日月如梭。"小时候写作文，总喜欢用这个短句作为开头。但那时候时间过得很慢，慢得就像夏日没完没了的蝉鸣，慢得就像雨后蜗牛爬过的轨迹，慢得就像天天等着撕日历好过年穿新衣服，慢得让人想坐上时光机穿越到未来。

而今，曾经的未来都已经成为过去，时间成了一种心痛的感觉，一种麻木的感觉，一种留恋却又无可奈何的感觉。

虽然，那场大地震距离我们已经远去15年之久，但是地震的震波依然隐藏在心头，每到此刻，便会撩动我们——这个城市，这个省份，这个国家无数人的心弦，让我们隐隐作痛。

2

2008年"5·12"汶川特大地震发生的时候，我刚刚过而立之年；大地震前的一个小时，我刚刚把户口从老家迁移到成都。

作为一个新闻工作者，地震发生后，我和同事们很快就奔赴各地灾区进行采访。我们用笔记录下每一个悲伤的故事，描述每一个悲伤的脸庞和眼神，也一次次参与救援，抢救伤员，运送物资。在绵竹汉旺镇、在彭州银厂沟、在都江堰、在汶川、在北川……曾经的一幕幕总是闪现在眼前，出现在梦里，疼痛在心里。

至今清晰地记得，在汉旺东方汽轮机厂门口的大广场上，从不吸烟的我坐在那座停摆在2:28的大钟面前吸了一支又一支；在彭州那个被地震震成W形状的小鱼洞大桥桥头上，看着蹚河而过的受灾群众，大脑一片空白；同事在北川采访时，为了抢救一个被压在房梁下的小姑娘，不得不帮助医生锯掉孩子的腿，为此我的同事号啕大哭并染上疱疹……

在大灾难的面前，我们第一次感觉到人的无助与弱小。最让我感到悲伤的事情就是，当你面对那些被压在废墟里的鲜活的生命时，你却无能为力，只能眼睁睁地看着一盏盏生命的光在你眼前逐渐熄灭。面对这样的熄灭，又是多么不舍和心有不甘啊！

这种悲伤让我在很长的时间里都无法自拔，常常在写稿子的时候，泪水便已模糊了双眼。好在那个时候大女儿出生还不到十个月，她无法感知这场灾难带来的悲痛，我得以在伤心的时候，看着女儿睡梦中的笑脸，才感觉到一些安慰和温暖。

地震后，在成都，许多人的生活开始悄然发生着变化：在每个人最无助的时候，才明白原来亲人是那么重要，亲情才是最温暖的疗伤秘方，家才是最安全、最温暖的港湾。一场大地震似乎影响了人们的世界观和价值观，芸芸众生，都各自在心里点化着自己。

3

那时候，我突然想起，哎呀，我已经30岁了，怎么一天还过得稀里糊涂的，女儿快十个月了，而我还不知道该如何做一个父亲，我还整天奔波在采访的路上，习惯于熬夜写稿，却如同猴子掰玉米，没有任何的积累。

于是，我想写一本书，记录"5·12"特大地震后的心路历程，记录身边朋友们的生活状态，记录大地震给人的社会行为和心理带来的那些影响与变化，记录我们经历过的而立之年和青春记忆。一开始，我列了一个写作提纲，写着写着就偏离了提纲，许多人物的命运也就出现了偏差，本来不会交叉的人开始有了交集，本来喜剧性的结尾却成了悲剧性的。原来长篇小说的写作这么难以把控，甚至人物的命运都不是作者可以提前设计的。但写作的乐趣或许就在于此，我在前面展开故事的时候做了那么多的铺垫，他们不过是按照我铺垫的路基，朝着各自命运的方向前行而已。

在创作这本小说的几年时间里，基本上我都会在每年的5月12日前后到曾经的灾区去看看，重建一步步完成，受灾群众都住进了楼房或者如同别墅的乡村小楼，在当地上班或是从事乡村观光旅游工作，每个人都看似过得富足而闲适。我还是喜欢坐在汉旺钟楼的脚下，烟是吸不下去了，但是那里可以让我冷静思考有关生命、生活、事业、爱情的种种。

这本书断断续续写了有8年的时间，第一稿到第六稿，改了又改，毫无章法可言。终于在2018年，我的小说《摇摆的青春——"5·12"爱情故事》得以出版，我喜欢编辑提炼的主题："活得更精彩，才对得起曾经历的一切！一场刻骨铭心的青春洗礼，一首惊心动魄的命运变奏曲。"在这本书里，我以四个年轻人的视角，展示他们在地震前后生活、爱情、家庭、事业的种种变化，在这场大地震的洗礼中，或迷失自我，或大彻大悟，或摇摆不定，或勇于担当……所以我谨以此书，纪念那些逝去的生命，纪念那段我们一起走过的青春。

4

15年过去，转眼间又是5月12日，这是一个悲伤的日子，是一个警钟长鸣的日子。而45岁的我，如今总是容易怀旧，容易感动。我们经历的那种疼痛带来的无能为力，在今天涌动成向上生长的力量。珍爱生命，敬畏自然，守护这世间的一切美好，守护这晴朗的天空和人间的烟火。

2023年5月

朋友许久未见
太想念，有多少

1

　　抬头望去，书桌上的日历居然还停留在3月份。那是春暖花开、万物生长的日子。而今已经立秋，温度仍如夏日般炎热，心里感慨时间过得真快，一晃就快吃月饼了。感觉过去的日子啥都没有干，业绩寥寥可数。

　　虽然日历很久没有翻过，但在3月份的这一页上，我给20号那天画了一个圈，写着上海一个朋友的名字，标注着"接机"二字。那是他筹划许久的一次行程，想回成都看看母校看看老朋友们。当然，后来上海的疫情让他无法继续这次旅行。

　　随着上海疫情的平稳，城市的活力开始恢复，朋友又陷入了忙碌的工作之中，难以挤出时间再回成都。于是，大半年过去了，我的日

历停止了翻页，我们互相翻看的只有微信朋友圈，而朋友圈更新起来也是三天打鱼，两天晒网。

再翻开每个月的日历看看，这半年来，我在成都接待的朋友屈指可数。

2

我长居成都，在以前，每当老家的同学、领导、乡党来了成都，就会给我打个电话，我只要在成都就一定会请他们吃一顿火锅。现在人不愁吃穿，老家人能来，能联系我，就很是感动，见面带的是那一份乡情、友情。甚至有几次跟老家的领导开玩笑，干脆在成都设立一个办事处，我来负责接待和招商引资。

那时候，新冠疫情距离我们还很远，我们常常可以迎来送往，觥筹交错，不用担心被病毒侵袭。各地的朋友来了，招待一下呀，带着转转成都的古镇、农家乐，吃个串串香、烧烤，生活简单、惬意、快乐，"有朋自远方来，不亦说乎"。

3

耳边响起网红歌曲《太想念》：玫瑰花瓣一片一片片飘落在眼前/你的承诺一点一点点回荡在耳边/那挥不去的缘弥漫了我整片天/爱的往事一件一件件甜蜜的蔓延/你的影子一点一点点拉长了思念/在梦里

吻的脸却来不到我身边/我对你太想念太想念……听着听着，对朋友的想念又增加许多。

查阅了一下资料，原来这首歌曲早在2014年就由歌手彭筝演唱，但是为什么在8年之后才能成为网红歌曲呢？我也听了一下豆包等诸多音乐人翻唱的《太想念》，与彭筝演唱的相比，无论是什么烟嗓版哪、深情版哪，都差不了多少，但是也好不了多少。那么，《太想念》为什么能在今天成为网红歌曲呢？

首先，这首歌感人的歌词、优美的旋律能够打动无数人；其次，这几年抖音等视频直播媒体为歌曲的传播提供了良好的平台；再次，《太想念》这首歌触碰到了人们内心最软弱的那部分，就是对亲人朋友的思念。

4

细数一下，我们有多少朋友已经许久未见？微信越来越方便，高铁越来越便捷，但是要从这个城市跨越到另外一个城市，总是充满了未知数，就像我们去奔赴一场充满变数的旅程。

过了不惑之年，有时候就想，身边的朋友应该做一些减法了，上有老下有小，工作繁忙，已经没有精力去应付那么多的朋友。而今，新冠疫情已经主动帮我们在做减法了，朋友越来越少，也越来越疏远、生分起来。

中秋渐近。疫情平稳。去不了远方，就趁此机会约一下身边的亲人、朋友吧，喝一杯酒，来一场郊区的帐篷之旅，让下一辈的孩子们在草地上疯狂地奔跑一场。让我们一起唱一首《太想念》，而不是无奈地面对这样一个结局："我对你太想念太想念/蓦然回首奈何人已远。"

2022年8月

朋友走了，没来得及说一声再见

1

全国糖酒交易会在11月份的成都如期举办。这是一年一度白酒行业的盛会，也是见老朋友的日子。

询问朋友，那谁谁谁糖酒会来不来，去年他就爽约了，说家里有事来不了。朋友愣了一下说："你不知道吗？他在今年7月份已经走了。""走了？去哪个国家了？""不是出国了，是走了，是去世了！"

我简直不敢相信，怎么可能，怎么可能就去世了呢？还那么年轻，39岁，怎么可能去世了呢？赶忙翻开他的朋友圈，果然停留在今年的6月份。而我们两人之间的对话，停留在去年4月份。"好的，哥，一定！"他答应我要是来成都，一定要相聚一下，把酒言欢。

顿时，我潸然泪下，多好的一个兄弟呀！因为工作原因，我与接触的企业之间总要保持一定距离，但是这个兄弟是从来不用设防的，有啥事有啥忙，随时说一声他都会尽心尽力。无论我去北京，还是他来成都，都会以朋友名义私下相聚。前几年，他给我说他的愿望就是想要个小孩，两口子结婚多年，也做了各种检查和治疗，就是无法要到孩子。"可能我们两口子都太胖了吧！"他俊朗的脸上，满是笑容。

如今，他的朋友圈依旧，笑容依旧，却已经物是人非。朋友走了，未来得及说一声再见，只有悲伤时时涌上心头。我们的生命多么脆弱，常常不堪一击，让我们猝不及防。

2

这只是近期走了的朋友之一。前段时间，老同事的群里，突然蹦出某某某突发脑出血去世的消息，享年51岁。这也让我不敢相信，同时也让我愧疚无比。在老同事群里，某某某后来转行当了画家、书法家，在群里往往列出的名头有一二十个，手机屏幕装不满，得换着页面往下拉。不仅如此，他喜欢将自己的画作发在群里，供大家欣赏。虽然我画不来画，但是画家朋友多，多少也懂点皮毛，比如国画一定要学会留白，画一个茅草屋也要懂得房子的间架结构。某某某的画作我实在无法恭维，满满当当的画面，看着心里发闷；画一间房子，歪歪斜斜，柱子的位置都不对；题写的字，反正我是不好意思拿出手给人看。即使如此，某某某仍坚持在同事群里展示，而且不顾大家聊天的情况强行插入。为此，我和另外的同事撑了某某某好几次，直到他后来退群。

再听到某某某的消息，就是他在老家的画室突发脑出血去世。再把他的简历拿出来看，名头仍是一二十个，甚至还是某个武学门派的弟子。但习武之人仍无法逃脱一场脑出血的追杀。或许，我不该撑他，他在老同事的群里，才能找到存在感和荣耀感。他追求的人生就像那几十个名头一样，就像他的画作不习惯留白一样，满满当当，但是人生刚过知天命之年，剩下的全部已经是空白。

3

"每个人的一生都应该有一场马拉松，你可以迟到，但是不能缺席。"这是一位老媒体人也是老领导曾经的留言，如今他已经去世多年，而我当时也因为出差未来得及送他。他从媒体转行，转战策划界、实业界，做出了许多成绩。他尤其喜好跑马拉松，家里的各种马拉松奖牌、纪念牌挂了很多，我们都羡慕他身体是如此健壮。

因此，对于老领导的去世，大家都很惊讶。看到他女儿写的纪念父亲的文章，更是觉得悲伤。大概记得孩子写道，和父亲一起去乌镇，品尝了女儿红，感觉不错。父亲随后就买了几十坛女儿红放在阁楼里，准备留到以后女儿出嫁的时候喝。"如今女儿红仍安静地躺在阁楼里，布满灰尘，而你已经不在。"

4

年轻的时候，看到生老病死，总是想躲起来，甚至于爷爷在20多年前去世的时候，我都不敢直视。后来，自己当了父亲，才知道为人父母的难处；看到越来越多的长辈一个个离我们而去，才知道人终是难逃死亡的结局，而我们必须正视。

尤其是在2008年"5·12"汶川特大地震的时候，我们奔赴灾区采访、救灾，终于看清楚了死亡的狰狞面目。

那一年，我刚刚到不惑之年。于我而言，不惑的是已经看惯了生生死死，看多了生离死别，看够了人生的起起伏伏。但是，我又真的对这个社会感到不惑，看明白了吗？其实未必，我们总是向光而行，却忘了脚下的阴影；我们总是看透了黑暗，却忽略了那点点的星光；我们总是设想人生有一个完美的结局，但真正有价值的却是悲剧。鲁迅说："悲剧将人生的有价值的东西毁灭给人看，喜剧将那无价值的撕破给人看。"

"只要热爱生命，一切，都在意料之中。"恍惚记得，这是多年前背诵的汪国真的诗歌，那时候我们对他是如此狂热，手抄本的汪国真诗集堪比今天的手机iPhone14。但意料之外的事情，比如朋友走了，未来得及说一声再见，真的让人悲伤，而且并未在我们的意料之中。

还是喜欢听这首歌《太想念》："我对你太想念太想念/蓦然回首奈何人已远。"如果想念了，就抓紧时间，抓住机会和朋友聚一聚吧，一顿火锅，一把烧烤，一锅铁锅炖大鹅，吃的喝的都是高纯度的友谊。如果你家里有"过期"的茅台、五粮液，我也不介意你拿出来大家一起分享，谁让我们是老朋友呢！

2022年10月

从二舅到福贵：
我们只想治愈自己

1

最近，冲上热搜的人物是"二舅"，看了"二舅"的人生，不由得泪奔。

一条11分钟15秒的视频《回村三天，二舅治好了我的精神内耗》，讲述了作者二舅平凡、朴实又坚韧的一生：

从小成绩名列前茅的"二舅"，因为发高烧被乡村医生一天打了四针，"成了残疾"。经过三年的消沉，"二舅"用三天时间"看"会了木匠做活，从此为乡邻做木工活，为出嫁的妹妹做家具，为的是妹妹被婆家人"高看一眼"。不仅如此，"二舅"还会维修除了电脑、手机、汽车之外的各种物件，因为二舅"总有办法"，他是村里的能人。"二舅"还有各种传奇经历，北京的一位部队首长给他搓过背，遇到过一段不符合农村常理的"爱情"，收养的女孩成为村里最孝顺的孩子……故事简单、朴素。一如每天艰难攀爬的石板山路，"二舅"自己用肩膀扛下了一切，却默默无闻。

至于"二舅"的人生经历，后来也引发了许多争议，故事的真实性无法考证。同时，二舅能不能治愈"精神内耗"，也因人而异。但是"二舅"能够冲上热搜，本身就说明在"二舅"这样平凡的、普通的劳动者身上，有那种坚韧不拔的精神、忍辱负重的品质、乐善好施的人格、乐观向上的生活态度，我们因此而感动于心。那是被我们日常忽略的一群人，他们生活在最底层，他们活出了自己丰富、饱满的人生。

或许，"二舅"这样的人从未抽过"大人物"递过来的一支烟，他们喝的白酒是那种五块钱一斤的散酒，他们喝的茶叶是那种一大袋10块钱的老叶子绿茶。但是对于他们而言，无论身处怎样的艰难，都会自尊地活着，坚韧地活着，乐观地活着，他们豁达不计较，他们善于和过去和解，他们不会熄灭善良的光芒，这就是他们作为底层人"活着"的逻辑。

2

这让我想起"福贵"，但这个"福贵"不是余华小说《活着》里的福贵。余华笔下的福贵毕竟出身富裕的地主家庭，是一个纨绔子弟，在经历了人生的八次变故之后，他才明白活着的意义，就是要懂得珍惜。只有活着，才是最大的希望。

我想起的"福贵"，是成都以前一档电视节目《谭谈交通》里主持人谭乔采访的那个"福贵"。2011年夏天的"福贵"大爷，拉着一车木材，木材上面坐着一个人和一条狗。通过采访我们得知，当时60多岁的"福贵"大爷，父母双亡，哥哥去世，爱人去世，剩下的是一个傻弟弟和一条老狗，而且老狗后来也被人偷走。即使如此，谭乔几年后回访的"福贵"大爷，靠卖废品养家糊口，不仅组成了新家，还养育了一个女儿，依旧带着傻弟弟。由此，这段视频曾不断地被网友翻出来，成为《活着》的现实版。福贵大爷的人生经历让人悲伤和同情，但是我们可以看到他活着的态度：坚韧、乐观，对傻弟弟的不离不弃。

"寻找'福贵'大爷，也是在治愈自己。"记得谭乔在后来回访"福贵"大爷的时候，如此说道。至于谭乔是否被治愈，尚不得而知。后来的谭乔曾一度陷入是是非非，而且从公开报道来看，谭乔的人生也过得并不如意。

3

其实，很多时候我们不用刻意去寻找"二舅"或者"福贵"，更不需要用具象的"二舅"来论证人性和苦难的关系。当我们行走在城市里的十字路口，往往会怀念故乡的山山水水，村口的那一棵古槐、路边废弃的石碾，还有墙头下晒太阳、说闲话的老大爷老大妈。在我们看来，这是残年暮景，他们一生碌碌无为。但是，在他们的群体里，总是隐藏着许多我们的"二舅"、"福贵"大爷，他们平凡而朴实，岁月都镌刻在脸上的沟沟壑壑之中。

这让我想起我一个同学的父亲，他是聋哑人，但是他在村里是个能人，就像"二舅"一样啥都能修，还是个种菜能手，养活了三个儿女，每次见到他，他总是乐呵呵地给我打着手势问好，可惜如今已经故去；我想起我老家的父亲，伞兵出身，复员后卖过豆腐，做过厨师，干过十多年的税务局临时工，后来自学了摄像，为农村的红白喜事奔忙；我想起一个远房叔叔，20世纪90年代毕业于西安一所名校的医学专业，如今在农村开着诊所，看病之余给乡邻主持婚礼，断个是非，承包了几十亩地，自学苹果树的嫁接栽培……

从偏远的乡村到繁华的都市，"二舅"、"福贵"大爷，我们身边那些普普通通的人，他们站在社会的最底层，但他们的生存方式和人生态度让人感动，让人在感慨活着不易的同时，以此慰藉自己在城市里疲惫不堪的灵魂。

这是一个信息爆炸的时代，今天冲上热搜的"二舅"，或许明天就被人忘记，或许哪天又包装出一个更加励志的"三大爷"。我们口口声声说要找"二舅"治愈自己的精神内耗，却在举起一杯酒、举起麦克风的瞬间就会忘记内心的声音。

"都说人生最重要的，不是胡一把好牌，而是打好一把烂牌。""二舅"的外甥、视频的作者"衣戈猜想"如此总结。至于他是否通过贩卖"二舅"的苦难来赚取流量，则不是我想评价的内容。对于每一个人而言，我想，牌在自己的手里，如何打，都是你的选择，但不是每一个人都能够活得像"二舅""福贵"那样饱满和坚韧。

2022年7月

怀念路遥：平凡世界里的平凡人生

1

11月17日，这是一个平平常常的日子。

此刻的北方，一些城市开始大雪纷飞，一些土地里冒出嫩绿的麦苗，一些树木在阳光里落叶归根，一些动物早已开始冬日的蛰伏。

在陕北那块苍凉的大地上，在1992年11月17日，那个刚刚进入冬天的日子，一个汉子却黯然长辞。他就是路遥，《平凡的世界》的作者。

一晃整整30年过去。当初那个废寝忘食阅读《平凡的世界》的懵懂少年，如今早已过而立之年，两鬓已苍白，头发日益稀少。但对路遥的热爱，对《平凡的世界》的热爱，对文学的热爱，一如我打开路遥作品的当年，这部作品为我打开了一扇通往神圣的文学殿堂的大门。

2

那时候，我刚刚上中学。每天需要徒步六里路，到镇上的初中去上学。那时候的书包里，除了书本、干粮，往往还有一把菜刀。当时，小镇上的街霸很多，往往欺负我们这些从外村到镇里上学的孩子，敲诈几根烟、两三毛钱、一点零食，满足他们作威作福的"美好"愿望，完成他们从一个普通中学生到社会流氓的蜕变转型。被敲诈甚至被殴打几次之后，我只能在书包里揣一把菜刀防身，以维护自己那点脆弱的尊严。

如果，如果那把菜刀一直揣下去，而我混迹于街霸流氓之间，或许我的人生早已画上句号，或许是在黄土地里度过自己窝囊而碌碌无为的一生。直到遇到路遥，阅读他的小说。记忆里，阅读路遥的第一部作品是《在困难的日子里》，这是一部中篇小说，写的是农村贫困子弟马建强在城市求学时与饥饿作斗争的故事。读罢，内心掀起强烈的共鸣，原来我和主人公的命运如此相近，我们同样在困难的日子里，默默地忍耐、抗争、迷茫、奋斗。

于是，这样的阅读一发而不可收。那时候，家里生活拮据，我上学的生活费都是东抠西抠抠出来的，何谈有闲钱买书呀。于是，书非借不能读也，只要是有文字的报纸、材料、破书，我都喜欢借来阅读。甚至在厕所里蹲茅坑，看到别人擦屁股没有用完的报纸，也要歪着头看看上面写的是啥。那种对阅读的饥渴感、迫切感，超越了如今对一切物质和精神的需求。

　　当时最让我惊喜的是初中同学唐长征拿来了一部《平凡的世界》，居然有三本。我的天呀，抱着这三本书，我觉得生活充满了如此沉甸甸的幸福。那时候的冬天农村常常停电，晚上就点着煤油灯看书，抬起头，脸熏得乌黑，只有眼睛转动起来才看到白色的眼仁。整整三天三夜，我几乎没有怎么合眼，一口气看完了《平凡的世界》，激动而亢奋，尤其是田晓霞的去世，让我在半夜里大吼又大哭，吓得同住出租屋的同学以为我疯了。

　　阅读带来的不仅仅是愉悦，那是一种笼罩全身的幸福，抵达内心的感动，触碰灵魂的丰满。可能很多人会耻笑这样的排比，但在那困难的日子里，《平凡的世界》给我带来的，确实是这样的情感。最大的收获在于，这本书拯救了我怀揣菜刀、闯荡江湖的人生，我从此悬崖勒马，寻找我自己平凡的人生，以及我对文学的憧憬与热爱。

　　那时候，自己开始学习写作散文、诗歌、小说。我记得我写的第一篇短篇小说叫《长发变平头》，写的是一个农村少年喜欢时髦，留长发被人误解为流氓，后来他见义勇为救了一个姑娘，获得了警方的肯定。但因为救人时被扯住长头发，他之后主动剪了长发，留了平头。如今看来，我当时对关中母语的运用比现在还要地道，而且小说充满了正能量，以及矛盾冲突的叙事逻辑。这篇小说在老家区上的报纸刊发后，领了11块钱稿费，我豪横地请全班45个同学吃了一次雪糕，每个雪糕两毛（冰棍是5分钱一个），最后还剩两块。

3

虽然至今仍喜欢写作，但我并未写出像路遥那样的恢宏巨著。在我的心里，对路遥的认识，对《平凡的世界》的认识，对自己人生、对这个世界的认识，却在日益改变和具有深度、广度。起初我的梦想是自己变得如何不平凡，如何一鸣惊人，如何飞黄腾达，如今我只想做一个平凡的人，做一个普通的劳动者，不好高骛远，不艳羡别人，自己活得踏实、简单、快乐。

这么多年，我无论走到哪个城市生活，无论多少次搬家，总是带着路遥的《平凡的世界》整套书，当然还有他的《人生》《早晨从中午开始》等，疲倦的时候阅读，得意的时候阅读，快乐的时候阅读，膨胀的时候阅读。这是一种自我警示、敲打和醒悟，让我不至于在这个城市的灯红酒绿里迷茫、膨胀、失落、空虚。

印象最深刻的一次旅行，就是去延安大学后面的文汇山上祭拜路遥的墓地。那一天，久旱的黄土高原淅淅沥沥下着小雨，通往路遥墓地的山坡很是湿滑，我好几次都被滑倒，难以前行，全身裹满了泥浆。于是，在路边找了一根木棍，顺便扯了一把野菊花，一路蹒跚走到路遥墓前进行祭拜。"像牛一样劳动，像土地一样奉献。"在路遥墓后的高大石壁上，刻着这样一句名言。肃立于秋风秋雨之中，我的热泪滚滚而下。

"清涧的石板瓦窑堡的炭，米脂的婆姨绥德的汉"，在陕北流传这样一句谚语。作为清涧人的路遥，就像那故乡的石板一样，平凡地铺在大地上，坚实、厚重。在这平凡的世界里，无数人走他们的路，度过他们的人生。

"黄土高原严寒而漫长的冬天看来就要过去，但那真正温暖的春天还远远地没有到来。"在《平凡的世界》第一章里，路遥如此写道。如今，距离路遥去世已经满满地过了30年，路遥在无数读者的心里，却如同一盆燃烧着的炭火，温暖着我们不同的人生。在这平凡的世界里，愿四季如春。

2022年11月

人生终归是殊途：我们的远方不在一个方向

1

酒至半酣。老朋友们边喝酒边摆玄龙门阵：某某某和某某某不打不相识，某某某见了某某某就先怂了半截，某某某当年给某某某介绍女朋友……男人八卦起来比女人还八卦。

说起八卦的段子，最受关注的还是某某某当年给某某某介绍女朋友的情景。如今后者女儿已经上幼儿园，他的头发日益稀少，是人到中年的光景。我作为混吃混喝的见证者，当初两人相亲的情景仍是历历在目。

记得当时一帮人甚是热闹，边吃串串香边互相介绍。女主人公自我介绍说："我最大的爱好就是户外运动，喜欢爬山。"男主人公一听，马上接过话头说："咱们爱好一样啊，我的爱好也是户外运动，喜欢爬山。"女孩心动，询问他都爬过哪些山。我这兄弟伙说："我平时喜欢爬青城山（青城山最高海拔2434米）。"女孩"哦"了一声，说她们一般喜欢爬四姑娘山（四姑娘山大峰海拔5025米，二峰5276米，三峰5355米，幺妹峰6250米），还有牛背山等，已经爬了国内五六座海拔5000米以上的大山。她的人生梦想就是爬一次珠峰，目前正在挑战海拔6500米的"前进营地"（也被称为"魔鬼营地"）。

接下来，是我兄弟伙的一声"哦"，然后就抄起一大把竹签牛肉，给大家分食起来，以缓解这尴尬的气氛。

当然，后来两个人就没有了后来，女孩是不是去爬珠峰了不得而知。但兄弟伙后来认认真真要了个女朋友，是一家大型企业的文员，两人结婚生子，甜甜蜜蜜。

或许，这就是最好的结局。在生活中，我们常常会有这样的错觉：明明两个人有着共同的爱好，却无法调和，无法走在一起。就像登山，我们都是在登山，但是一个人爬的是青城山，一个人爬的是四姑娘山；一个人是休闲散步，一个人却是极限挑战。这完全是共同爱好下的两种生活方式，鱼游浅底，鹰击长空，实际上在生活中很难发生交集。

2

记得多年前，也是一个兄弟伙耍了个女朋友，当年我们也是不看好，兄弟伙问及原因，我们在酒桌上给他解释，你看你喜欢吃兰州拉面，她喜欢吃比萨、汉堡，一张桌子上都统一不了，还怎么生活？朋友就是不信邪，仍然一头扎进这场轰轰烈烈的爱情之中。当然，结果是不了了之，朋友也远走南方某个城市。至于是不是因为两人吃不到一起，也不得而知。女孩仍然在我的朋友圈里，经常一脸幸福地捧着一束鲜花，说是她家某人送的惊喜。我想，如果是我那个兄弟伙，会不会在婚后给女孩这样的惊喜呢？我想答案肯定是不会，婚前都没有何况婚后，粗糙的人生不需要解释。

两个人在一起，从互相吸引到互相磨合，再到愈行愈远，就像两根交叉的直线，最后只能沿着各自的轨道前行。各种心灵鸡汤熬制得越来越浓，让我们学会互相包容，学会互相容忍，学会互相弥补，要相信爱的永恒和持久。但是生活确实处处不如意，爱着爱着就疲倦了，互补着发现是一个大窟窿，容忍了半生还是容忍不下对方不洗脚就上床、挤牙膏从中间挤……哎呀哎呀，这是多么要命的事情，日积月累下来满是伤痕，满是抱怨，满是后悔，"黑账本"里每一笔糊涂账其实清清楚楚。

3

想起前几天的一个新闻：2020年10月，56岁的苏敏开始了她人生第一次的环游世界。谈及这一场说走就走的旅行，苏敏说她其实并不是因为"世界这么大，我想去看看"，而是一种对生活的逃离："你跟他生活在一起就是压力，压力，压力，我就感到压力。""不想见面，无处可去。"旅行让她感受到了人生的轻松，她也因此成为网红。但两年之后，当她回到原点，回到丈夫、儿女的身边，发现生活仍是在原点，丈夫的挖苦和抱怨依旧。基于此，58岁的苏敏只有选择离婚，颇有"道不同不相为谋"的无奈。

歌曲里唱得很好，生活中除了眼前的苟且，还有诗和远方的田野。但是诗和远方不一定是每一个人的追求。因此，有人选择"躺平"，有人选择当"斜杠青年"；有人在没有疫情的时候说我每天忙着找工作找项目，隔离在家的时候也说我每天忙着找工作找项目。

4

每个人都在寻找自己的"殊途"，但即使两个相爱的人也无法"同归"，尤其是婚姻，更是如此。林语堂在《我的愿望》中说："我要有能做自己的自由，和敢做我自己的胆量。"其实，自己才是起点，迷失了自己，也无法找到归来的路。

如果——虽然生活总是残酷得没有"如果"——两个喜欢爬山的人走在一起，他们未来会一起选择爬什么样的山？人比山更高，是极限运动者的信仰和墓志铭。他们会拒绝平庸，就像拒绝青城山这样的旅游热门地一样，即使我们常常夸耀"问道青城山，拜水都江堰"，但是此道与彼道不同。因此，我的兄弟伙能否战胜自己的腰椎间盘突出，能否放下家里年迈的父母，能否为了自己爱的人选

择在雪山之巅来一场狂欢？一切都不得而知，生活没有如果，殊途
难以同归。

一个已经去世的、喜欢跑马拉松的朋友曾经说："每个人的一
生都应该有一场马拉松，你可以迟到，但是不可以缺席。"这句话
让我深受鼓舞，但是我只能讲给孩子。在马拉松的赛道上，我或将
终生缺席，但是在熊猫绿道散步，在龙泉山看日出，在青城山听鸟
鸣，在峨眉山寻找佛光，何尝又不是一场自我的修行呢？"横看成
岭侧成峰，远近高低各不同"，如此而已。

能够执子之手，相亲相爱，走完一生便是美好的结局。就像海
来阿木所唱："我希望五十年以后/你还能在我左右/和你坐在摇椅
里/感受那夕阳的温柔……"人在途中，只要用心皆是风景；殊途同
归，或待我们皆化为土。

2022年10月

图书在版编目（CIP）数据

屋檐下的乡愁 ／ 党鹏著 ． —— 成都 ：成都时代出版
社，2024.2
ISBN 978-7-5464-3313-4

Ⅰ．①屋… Ⅱ．①党… Ⅲ．①散文集－中国－当代
Ⅳ．① I267

中国国家版本馆 CIP 数据核字（2023）第 191990 号

屋檐下的乡愁
WUYAN XIA DE XIANGCHOU

党 鹏／著

出 品 人　达　海
责任编辑　胡小丽
责任校对　阚朝阳
责任印制　黄　鑫　陈淑雨
封面设计　成都九天众和
装帧设计　成都九天众和

出版发行　**成都时代出版社**
电　　话　（028）86742352（编辑部）
　　　　　（028）86615250（发行部）
印　　刷　成都博瑞印务有限公司
规　　格　165mm×230mm
印　　张　15.75
字　　数　174 千
版　　次　2024 年 2 月第 1 版
印　　次　2024 年 2 月第 1 次印刷
书　　号　ISBN 978-7-5464-3313-4
定　　价　59.80 元